かんざきまいか
「ごめんね、汚い所で。入って、入って！」
金属スライムを

CONTENTS

UNTIL I CAME TO BE CALLED [BLACK STE… FOR SL…
A B…CH OF METAL SLIM…

全長十五メートルはあろう巨大サラマンダーが軽々と宙を舞う。一定の高さまで到達すると、その後、自由落下してきた。

黒い魔物は、左手を長い剣へと変える。

強化種の巨大サラマンダーが目の前に落ちてくると、左手の長剣を横に振った。

無骨な剣閃はサラマンダーの胴を両断し、背中に刺さった剣ごと体をまっぷたつに斬り裂く。

赤のダンジョン十八階層にて

歓迎親睦会にて
田中輝一郎《たなかきいちろう》
KIICHIRO TANAKA
UNTIL I CAME TO BE CALLED [BLACK STEEL KING] FOR SLAYING A BUNCH OF METAL SLIMES

金属スライムを倒しまくった俺が【黒鋼の王】と呼ばれるまで2
～金スラしか出ない極小ダンジョンの攻略者～

温泉カピバラ

ファンタジア文庫

3337

口絵・本文イラスト　山椒魚

EPISODE. 2
金属スライムを倒しまくった俺が【黒鋼の王】と呼ばれるまで
UNTIL I CAME TO BE CALLED [BLACK STEEL KING] FOR SLAYING A BUNCH OF METAL SLIMES
～金スラしか出ない極小ダンジョンの攻略者～

プロローグ

明かりも灯《とも》っていない、暗いオフィスの一角。

デスクに置かれたパソコンのディスプレイだけが煌々《こうこう》と光を放っていた。その前に座っているのは一人の女性。

長い黒髪に切れ長の目。白衣を纏《まと》い、足を組んでパソコンを眺めている。

デスクの上に置かれたチルドカップを左手に取り、口に運ぶ。冷めたコーヒーの苦味が舌に広がる。女性は空いている右手でマウスを操作し、メールボックスから新着のメールを開いた。全文英語で書かれたメールを読みながら、再びコーヒーを口に運ぶ。

しかし、ある一文を目にして女性の動きが止まった。そこには信じられないことが書かれていたからだ。

「……【黒の王】が……倒された？」

それはまだ可能性の段階で、確定したものではないとのことだったが、ショッキングな内容であることに違いはない。

女性はチルドカップをデスクに戻し、腕を組んで椅子の背もたれに寄りかかる。

「そんなバカな」

もう一度メールに視線を戻す。メールの送り主は国際ダンジョン研究機構、通称ＩＤＲ。ダンジョン関係の学者が集まる、いけ好かない組織。それが女性の認識だったが、かと言って、いい加減な情報を流すようなところでもない。

戸惑いつつもメールを精読すれば、ＩＤＲも詳しいことが分かっておらず、世界中にいる『黒のダンジョン』の研究者に情報を求めているようだった。

女性は首を横に振る。あまりにもバカげている。

世界に実在すると言われている六体の【王】。

魔物の頂点にして、究極の特異な性質の魔物《ユニーク・モンスター》。誰も出会ったことはないが、その力は別格とされていた。

世界中の上位探索者《シーカー》が束になったところで敵《かな》うはずもない。

それに、もし本当に【王】が倒されたならば、大きなニュースになって然《しか》るべき。詳細が分からないなど有り得ない。

女性はメールを閉じ、コーヒーのカップを手に取る。取るに足らない内容だと切り捨て、ゆっくりとコーヒーを啜《すす》った。

第一章　就職活動

七月——暑さが日に日に増してくるな。と思いつつ、悠真《ゆうま》は冷蔵庫の扉を開け、中に入っている麦茶ポットを取り出し、コップに注いでいく。

そのまま麦茶を喉奥に流し込めば、冷たい液体が食道から胃に流れ落ち、いくぶんか暑さを和らげてくれる。

「ふぅ～」と息をつき、手で口元を拭う。

ふと、リビングにある掃き出し窓から外を見れば、飼い犬のマメゾウが裏庭を駆け回っているのが目に入った。

「あいつは暑くても元気だな」

ふふ、と笑いながら麦茶ポットを冷蔵庫に戻し、コップを流し台に置く。悠真は階段を上って自分の部屋へと向かった。

探索者《シーカー》育成機関『ＳＴＩ』を退所になってから一ヶ月。悠真は当初の約束通り、大学に復学することにした。

一時はダンジョン関連企業への就職も考えたが、〝マナ〟がまったくない自分が就職するのは難しいと考え、親と相談したうえで決めたのだ。

とは言え復学は秋学期からとなるため、今はやることがなくダラダラと過ごしていた。

ベッドの上に寝転がり、スマホをいじって時間を潰す。本来なら就学が遅れている分、勉強しなくちゃいけないが、どうにもやる気が起きない。

「はぁ～、なにやってんだかな。俺……」

部屋の壁に目を移せば、『目指せ、一流探索者《シーカー》！』とデカデカと書かれた紙が貼ってある。

めんどくさくて剥がしてないが、かなり恥ずかしい目標を立ててたもんだな。と自分のバカさ加減にうんざりする。

悠真はベッドに寝たまま瞼《まぶた》を閉じる。

一年以上前、裏庭で小さな穴を見つけた。その穴は小さなダンジョンで、硬い『金属のスライム』しか出てこない、変テコなものだった。

今思えば、そんなものを見つけたのが間違いのもと。

毎日、毎日、金属スライムを討伐するハメになり、気づいた時には怪物のような姿に変身できるようになっていた。

見た目は怖いが、体は鋼鉄に覆われ、物理的なダメージを無効にする。腕力も異常なほど強くなり、魔物ですら殴り飛ばしてしまう。思いがけず手に入れた力を使い、探索者《シーカー》として大活躍しようと思ったのに……。

悠真はハァーと溜息《ためいき》をつき、ゴロンと横を向く。

現実はそんなに甘くなかった。強力な能力を身に付けたものの、探索者《シーカー》としてもっとも重要な評価基準である〝マナ指数〟はゼロのまま。上がる気配もない。

変な魔物を倒した弊害かもしれない。

怪物に変身できる能力も口外することはできない。調べた限り、変身して姿を変える探索者《シーカー》など存在しなかった。

だとしたら、この力は前例のないもの。政府や研究者がこのことを知ったら、どんな扱いを受けるか想像もつかない。

それに、もっと重大な問題もあった。

ダンジョンを発見した場合、自治体に連絡しなければいけないのに、悠真はそれを行っていない。

さらにダンジョンに入ったり攻略することは、いずれも許可を取らなければいけないのに、悠真はガン無視していた。

ダンジョンに関する法律や条例があることは知っていたものの、めんどくさくて詳しく調べていなかったのだ。

後々知ったのはダンジョンに関する法律や条例はかなり厳しいということ。

特に『黒のダンジョン』に入ったり攻略することは、なぜか分からないが他のダンジョンより厳しく規制されていた。

もし違反すれば、重要文化財を壊したのと同じぐらいの罰則があるそうだ。それを知った悠真は当然の如《ごと》く青ざめた。

なぜなら『黒のダンジョン』で魔物が落とす〝魔鉱石〟は、人間の体を強化するとされている。つまり悠真の怪物に変身する能力は『黒のダンジョン』に入らなければ得られないということ。

「黒のダンジョンに勝手に入って勝手に攻略したなんてバレたらマズいよな。罰金どころか実刑すら有り得る」

悠真はさらに気が重くなった。

人と違う力を手に入れても、使えなければ意味がない。結局、自分の人生はなにも変わらないんだな、と諦めにも似た気持ちになる。

そんな時、持っていたスマホが震え出す。メールが届いたようだ。

「ん？　楓《かえで》からか」

幼馴染《おさななじみ》の楓は悠真と違い、今でも探索者育成機関《STI》で学び続けている。ちょいちょい連絡は取り合っていたものの、こんな時間にメールが届くのは珍しい。

悠真はメールを開き、内容を確認する。

「あいつ……家に帰ってくるのか」

書いてあったのは、久しぶりに家に戻るので、会って話をしないか、というものだった。

探索者育成機関《STI》は全寮制で、基本的に家に帰ることはできない。だが何度か連休があり、その間は帰宅できると聞いたことがある。

もっとも悠真はとっくに退所になっていたため、連休など取ったことはないのだが。

「まあ、俺も楓に会いたいし……ルイたちの詳しい様子も知りたいからな」

悠真はＯＫのメールを返し、スマホを閉じた。

自分は探索者《シーカー》になれなかったが、楓やルイは今もがんばっている。そのことは素直に凄《すご》いな、と思うものの、同時に羨ましくもあった。

◇◇◇

週末の土曜。近所のファミレスに足を運ぶ。

道路沿いにある店で、安くてうまいため、家族でもよく来ていた。自動ドアをくぐって店内に入ると、クーラーがガンガンに効いていた。

汗ばんだ体には少し寒く感じるな。と思いつつ辺りを見渡すと、窓際《まどぎわ》の奥の席に楓の姿を見つけた。

涼し気なブルーのTシャツに、カーキ色のワイドパンツ。

白いミニバッグからコンパクトミラーを取り出し、指で前髪を直している。鏡をバッグに戻すと、ドリンクのストローに口をつける。

ほんの少し会ってないだけなのに、少し大人びて見えるのは気のせいかな？

悠真はポリポリと頬を掻《か》き、楓がいるテーブルまで歩いていく。

「あ、悠真」

「悪い、待ったか？」

「ううん、今来たとこ」

悠真は楓の正面の椅子に座り、メニュー表を手に取る。

「なにか食べる？」

「うん、腹減ってるから」

昼食にはやや早い時間帯だったが、楓と一緒にランチを注文することにした。

ドリンクバーからウーロン茶を手に取り戻ってくると、楓は「元気そうだね」と明るく微笑《ほほえ》む。

「STIを退所になって落ち込んでるかと思ったのに」

「いつまでも引きずる訳ねえだろ」

再び椅子に腰を下ろし、ウーロン茶をグビグビと飲む。

実際にはかなり落ち込んだが、そんなこと楓に言えるはずがない。悠真はウーロン茶をテーブルに置き、手の甲で口を拭う。

ふと見れば、楓はテーブルに肘をつき、手の上に顎をのせてこちらを見ている。

「なんだよ?」

「別に～落ち込んでたら慰めてあげようと思ったのに、残念、残念」

からかうように笑う楓に、「余計なお世話だ!」と悪態をつく。本当は久しぶりに会えて嬉《うれ》しかったが、顔に出ないよう気をつけていた。

「それで、どうなんだよ。STIの方は? 順調なのか?」

注文した食事が来るのを待ちながら、楓に近況を尋ねる。

「うん、私は順調だよ。マナ指数は700まで伸びたんだ」

「な、700⁉ そんなにあるのか?」

楓が探索者育成機関《STI》に入って、まだ三ヶ月しか経《た》っていない。それなのにそんなにマナが上がるなんて……かなりの衝撃だった。

「それに、一応内定ももらったんだよ」

「え⁉　内定？　それって就職が決まったってことか？」

「そう、『メド・アイリス』っていう医療ベンチャーの会社。正式に救世主《メサイア》として採用してくれるって。福利厚生もしっかりしてるんだよ」

「へ、へ～そうなんだ。良かったな」

おいおいおい、順調すぎるだろ！　ＳＴＩの訓練期間は、まだ半分以上残ってるはずなのに、もうそんな話が……。

心の中で愚痴るも、顔は笑みを保つ。きっと引きつった顔になってるだろう。

「ルイも順調に成績を伸ばしてるし……知ってる？　ルイのマナ指数なんて１５００を超えてるんだよ」

「１５００⁉」

「そう、ＳＴＩを卒業する頃には２０００に到達するかもね。そうなったらＳＴＩ始まって以来の記録なんだって。凄いよね」

「そ、そうなのか……ホント、凄いよな」

もはや楓の言葉は頭の中に入ってこなかった。マナ指数２０００ともなれば、一線級のプロ探索者《シーカー》と変わらない。

ルーキーの段階でそんな力があるなら、楓以上に企業が放っておかないだろう。

「ち、ちなみに、ルイも内定もらってたりするのか？」

恐る恐る聞くと、楓はドリンクを一口飲み、「う〜ん」と目を閉じて唸《うな》る。

「本人から直接聞いた訳じゃないけど。たぶんエルシードで決まってるんだと思う。ルイも入りたがってた企業だし、エルシード側もルイを入社させたいんじゃないかな」

「へ〜、そうか」

エルシードは業界最大手のダンジョン企業。そこに入れるってことは、超エリートってことだよな。

ルイならそれも当然か、と思いつつ、自分とはまったく違う道を歩く幼馴染が、羨ましくて仕方なかった。

そんなことを考える自分が恥ずかしくて、話題を変えようと口を開く。

「そうだ！　神楽坂《かぐらざか》は元気か？　あいつも成績良かったからな」

「ああ、そう言えば悠真《ゆうま》。神楽坂さんと親しかったよね」

「ま、まあ、親しいというか、仲は少し良かったぐらいで……」

なぜか歯切れが悪くなる。別に親しくても問題ないはずなのに。

「神楽坂さんも凄いんだよ。マナ指数もルイに次いで１４００もあるし、もちろん内定も出てて、神楽坂製薬に入るみたいなんだ」

「神楽坂製薬ってことは……」

「うん、実家の会社に行くってこと。神楽坂さんはちょっと迷ってたみたいだけど、最終的にはお父さんの会社に入って探索者《シーカー》を目指すんだって」

「ふ～ん」

悠真はウーロン茶を一口飲む。そう言えば忘れていた。神楽坂が大企業のお嬢様だったってことを。

普段はがさつで口も悪いから、ついつい忘れてしまいがちだ。

「みんな、もう進路が決まったってことか……」

「そう言う悠真だって、大学に戻るんでしょ？」

「え？　うん、まあ、そうだな」

「じゃあ進路は決まってるじゃん。悠真がＳＴＩを退所になったって聞いた時は驚いたし、ちょっと残念にも思ったけど、悠真には悠真に合った進路が必ずあるよ。がんばってね、応援してるから」

「あ、ああ、そうだな」

注文していたハンバーグ定食が目の前に運ばれてくる。

楓の前にもワンプレートランチが置かれ、「じゃあ、食べよっか」と楓がスプーンを手に取った。

悠真も「ああ」とフォークとナイフを握り、ハンバーグを切り分けて口に運ぶ。

昔から好きだったハンバーグのはずなのに、全然味がしなかった。

楓もルイも神楽坂も。みんな自分の夢に向かって前に進んでいる。

それなのに俺は——悠真はなんとも言えない気持ちになった。楓とは食事をしながら、近況を語り合ったが、どこか上の空になってしまう。

楓とファミレスで別れ、家に帰ってきた悠真だが、悶々《もんもん》とした気分は変わらなかった。

「なんか、疲れたな」

悠真はゴロンとベッドに寝転がり、仰向けになって天井を見る。

ＳＴＩで一緒に学び、一緒にクビになった芦屋《あしや》と浜中《はまなか》。彼らはすぐに前を向き、自分の進むべき道を決めていた。

芦屋は前職の大工に戻り、浜中は探索者《シーカー》になるため、中小零細企業の採用面接を受けると言う。

自分ができることを最大限やろうとしているんだ。

その姿がカッコいいと悠真は思った。ポケットからスマホを取り出し、寝転がったまま電源を入れ、指で操作する。

浜中から送ってもらったメールを見た。

たくさんのダンジョン関連企業が、何行にも亘って並んでいる。

指でスクロールしながら目を通していく。ここにはルイが内定をもらったかもしれないエルシードや、神楽坂製薬のような大手企業はない。

でも、ダンジョンへの出入りが許された事業者であることは間違いない。

つまり、ここにある企業に就職できれば、探索者《シーカー》として生計を立てていくのは充分可能だということ。

以前目を通した時、目に留まった企業はいくつかあった。だが条件面はどれもいまいちなものばかり。

それでも就職さえできれば――

悠真はむくりと上半身を起こし、壁に貼ってある『目指せ、一流探索者《シーカー》！』という張り紙を見つめる。

この紙を剝がさなかったのは、ずっと未練があったからじゃないのか？　探索者《シーカー》になって活躍したい。自分ならきっとできる。今でもそう思っているが、現実が追いついてこない。

努力が足りないのか？　やり方が悪いのか？　自分の能力を活《い》かせる場所を探すべきなのか？

色々な考えが頭を過《よぎ》っていく。

悠真は就職せず、一人で活躍してる探索者《シーカー》はいないかネットで検索してみる。自分なら一人でも魔物を倒せると思ったからだ。でも――

「ダメか……」

いくつものサイトを調べてみるが、探索者《シーカー》が一人で活躍しているとの記述はない。

ダンジョンは許可がないと入れないうえ、魔物がドロップする〝魔宝石〟の流通も国が全て管理している。

許認可を受けなければ、探索者《シーカー》として仕事をするのは不可能だ。だけど、許認可を受けられるのはダンジョン関連企業か特定の団体だけ。

「やっぱり一人で活躍するのはムリ筋だよな。だったら――」

企業以外の団体についても調べてみる。利益を第一に考える企業と違い、研究・調査を目的にする団体なら、〝マナ〟が低くても入れるかもしれない。

そう思って検索すると、出てきたのが、

『アジア安全保障研究センター』『国立総合研究所』『NDBリサーチ&コンサルティング』『国連ダンジョン協議会』

「こんなところ入れるか‼」

持っていたスマホを壁に投げそうになるが、なんとか思い止《とど》まり、スマホを下ろす。

どう考えてもエリートしか入れないだろう。実際確認してみると、採用条件に適《かな》うのは超高学歴の人間か、華やかな経歴を持つ人間だけ。大学も出ていない凡人は、端《はな》から相手にされていない。

考えが甘かった。これならダンジョン関連企業の方が、まだ可能性はある。

悠真はスマホをベッドの脇に置き、腕を組んで瞼《まぶた》を閉じる。探索者《シーカー》になりたければ、やっぱり正攻法。企業に就職するしかない。

でも、できるだろうか？　ただでさえ〝マナ〟がないというハンデがあり、STIも途中でクビになってる。

マイナス要素だらけ。就活するなら本気でやらないといけない。

悠真は瞼を開け、改めて壁の張り紙を見る。

『目指せ、一流探索者《シーカー》！』

この目標を、現実のものにするために。


その日の夜、父親と母親が揃《そろ》う夕食時。悠真はそわそわしながらダイニングテーブルに座っていた。

庭からは「わんわん」と、飼い犬であるマメゾウの鳴き声が聞こえてくる。

腹が減ったと、夕食を催促しているのだ。それを聞いた母親が「はいはい、分かったわ。今、行くから」とドッグフードを白いボウルに入れて持っていく。

サンダルを履いて庭に下り、足元でクルクル回るマメゾウの鼻先にボウルを置いていた。

元々マメゾウに餌を与えるのは悠真の役割だったが、しょっちゅう忘れるため、見かねた母親が餌を持っていくようになった。

自分でも情けないと思うも、結局親に甘えてしまう。

今回も親に泣きつこうとする自分に、溜息《ためいき》しか出てこない。庭から上がってきた母親が台所で手を洗い、「はいはい、ご飯にしましょう」と言いながら父親の隣に腰かける。

両親が席につくと、悠真は意を決して口を開く。

「あ、あの！」

箸を持とうとした父親が、「うん？　どうした？」と目を丸くした。

「俺、やっぱり探索者《シーカー》の会社に入ろうと思うんだ！」

その言葉に、母親が驚いた表情を見せる。

「どういうこと、悠真？　だってこの前、話し合って決めたじゃない。探索者《シーカー》になるのは諦めて、大学へ行くって。悠真も納得してたでしょ？」

「そうなんだけど……どうしても諦めきれなくて」

母親は困った顔で父を見る。父は口を真一文字《まいちもんじ》に結び、腕を組んで考え込む。

大学を休学してＳＴＩに行きたいと言った時、父は賛成してくれた。でも今回は失敗して帰ってきたあとだ。

そう簡単に許しが出るとは、悠真も考えていなかった。

「う〜ん、就職活動をしたとして……その探索者《シーカー》として働ける会社に就職なんて、本当にできるのか？」

「大手の企業には行けないけど、中小企業なら可能性はあるんだ。知り合いもこの方法で探索者《シーカー》になろうとしてるし……お願い父さん！　もう一度だけチャンスが欲しい」

「……そうか」

父は眉間にしわを寄せたまま瞼を閉じて黙り込んだ。もしダメだと言われれば、諦めるしかない。

休学中も、一定の学費を払い続けてくれた親だ。これ以上わがままを言う訳にもいかなかった。

悠真《ゆうま》はゴクリと生唾を飲み込み、父親の答えを静かに待つ。

う～んと唸《うな》り声を上げた父は、瞼を開いてまっすぐに悠真を見る。

「悠真。私も母さんも心配してるんだ。探索者《シーカー》やダンジョンなんてのはよく分からない業界だし、大手の企業でもないなら福利厚生なんかも期待できないだろう。わざわざそんなところに行く意味はあるのか？」

「そうよ！　大学を卒業して、一般の企業に就職した方が安定するんじゃない？　生活のことも考えないと」

母親はここぞとばかりに捲《まく》し立てる。

――もちろん母さんの言うことはもっともだ。でも、俺だって半端《はんぱ》な気持ちで言ってる訳じゃない。

「生活が安定しないリスクは分かってる。だけどやるだけやってみたいんだ！　そうしないと、きっと後悔すると思うから」

真剣な表情で言う悠真に、両親は互いの顔を見合わせる。

しばしの沈黙のあと、父が口を開いた。

「……分かった。大学の復学まであと二ヶ月ほどある。それまでに就職できたなら、そのまま自分の思う道を行きなさい」

「ほんとに⁉」

「ただし！　できなければ大学を卒業して、一般の企業に就職するんだ。探索者《シーカー》という職業はきっぱりと諦めなさい。それでいいか？」

久しぶりに見る父の厳しい顔。母親もそれならばと承諾する。悠真は居住まいを正し、

「分かったよ。父さん」と答えた。

夕食を食べ終えると、悠真は二階にある自分の部屋に戻り、椅子に座ってスマホにかじりつく。

両親から許可は出た。ただし、二ヶ月間という期限付き。この間に就職を決め、探索者《シーカー》への道を切り開かなければならない。

悠真は浜中から受け取ったメールを開き、改めて精読する。

まずはここにある企業の中から、なるべく有望そうな企業をピックアップしていく。

数撃ちゃ当たる作戦だ。ＷＥＢのエントリーシートの記入ページを開き、必要な情報を入力していく。

ダンジョン関連企業は通年採用を取り入れている所が多い。

一般企業のように一括採用というのはほとんどないようだ。まあ、その方がありがたいか、と考えていた時、はたと気づく。

待てよ……そもそも探索者《シーカー》の応募って、そんな多く来るのか？

かなり危険な仕事で、場合によっては死ぬことだってある。報酬はそれなりに高いけど、そんな仕事にこぞって来るとは思えない。

「だとしたら、俺が『ＳＴＩ』にいたことはプラスに働くかも」

ＳＴＩをクビになったのは痛かったけど、そもそもＳＴＩに入ること自体、とても難しいと聞いていた。

大手はともかく、中小企業に行くなら意外に有利かもしれない。悠真は経歴の欄に、『ＳＴＩを中途退所』と堂々と書いた。

「頼むぞ……俺の人生がかかってるからな」

悠真は祈るような気持ちで送信ボタンを押す。エントリー完了の文字を見て、ふぅーと息を吐く。

その後もＷＥＢのエントリーシートをどんどん書き、目ぼしい企業に送りまくった。

「これであとは待つだけか……」

二週間後――

「なぜだ⁉　なぜ落ちまくる？」

悠真は頭を抱えていた。エントリーシートを送った企業の全てから不採用通知がきたからだ。

「おいおいおい、これがお祈りメールってやつかよ！　探索者《シーカー》ってこんな人気あるのか⁉　厳し過ぎるって……」

ちょっと欲をかいて優良そうな企業ばかりを選んでたからか？　自分なんかじゃ箸にも棒にもかからないってことか？

悠真は苦虫を噛《か》み潰したような顔になる。

甘く見ていた、と後悔し始める。とは言え愚痴ってばかりもいられない。

「仕方ない。雇用条件はだいぶ悪くなるけど、もっと小さい企業に応募するしかないな」

悠真は改めて企業を選び直し、エントリーシートを書いていく。受かるならこの際どこでもいい。

残された時間は、あと一ヶ月半。より好みをしてる場合じゃない。

悠真はなにがなんでも就職しなければと思い、見込みのありそうな企業に片っ端から応募していった。そして――


「よしっ！　これで二つ目の通過だ」

書類審査で通るものがポツポツと出てきた。やはりより好みしなければ面接ぐらいまでは進めるようだ。

最終的に三つの企業で書類が通り、面接まで進むことができた。

「なんとしても面接を上手《うま》く乗り切らないと」

悠真は部屋の壁にかけてあるカレンダーに近づき、マジックのキャップを外して面接日に丸を書き込んでいく。

受かりたい気持ちが強いせいか、やたら太い黒丸になった。

「あとは準備をするだけだな」

◇◇◇

「ちょっと悠真、ネクタイは結べた？」

玄関で母親が声を張り上げる。悠真は二階からドタドタと階段を下りてくる。

「母さん、これでいいかな？　曲がってない？」

ネットを見ながらネクタイを締めたが、なにぶん初めてだったため、ちゃんとした形になっているか自信がない。

母親に見せると、「曲がってるわよ」とネクタイを締め直す。

「ありがとう」

「面接は見た目が大事だからね。相手に好印象を持ってもらえるようにがんばりなさい」

「うん、分かった」

今日は初めての企業面接の日。玄関で靴を履き、持ち物を確認してドアノブに手をかける。

「じゃあ、行ってくる」


東京都新宿区。ここにダンジョン企業の一つ『ＧＩＧ社』がある。

悠真は面接用に買ったリクルートスーツに身を固め、ＧＩＧ社が入るオフィスビルの前にいた。

「緊張するな……初めての経験だし」

ビルに足を踏み入れ、GIG社がある五階に向かう。建物はガラスが多用されたオシャレな造りだが、ビル自体はそれほど大きくない。

その一角にあるGIG社も、当然大きな会社ではないのだが——

「失礼します」

入室した悠真が見たのは、溢《あふ》れんばかりの学生たちだ。誰もが黒髪、そして同じようなスーツに身を包んで順番待ちをしている。

——こんなにいるのかよ⁉

この会社は春と秋の二回採用のため、希望者が集中するかもしれないと思っていたが、それにしても多すぎる。

なにより驚いたのは〝探索者《シーカー》〟の採用なのに、女性が何人もいたことだ。

「マジか……思ってたのと全然違うぞ」

悠真は面接室の前に並べられた椅子に座り、そわそわした気持ちで順番を待つ。

両隣に座るのは、いずれも大学生のようだ。物凄《ものすご》く頭が良さそうに見えてくる。

いかん、いかんと頭を振り、雑念を払う。これは〝探索者《シーカー》〟の採用面接。頭がいいか悪いかは重要じゃないんだ。

五人まとめて部屋に呼ばれ、並べてある椅子に座る。

目の前には三人の面接官。四十代から五十代だろうか。スーツをビシッと着込み、学校の教師とは違うオーラを放つ面々に、否応《いやおう》なく緊張してしまう。

「それでは始めましょう。一人ずつ自己紹介をして頂けますか。まずは右端の方から」

真ん中にいる面接官が仕切ってゆく。この人が一番偉い人なんだろうか？　指名された女子学生が立ち上がる。

「私はオルバート女学院の四年生、鴻崎《こうさき》美好《みよし》です。重い病気で苦しんでいる人々を助けたいという御社の精神に、深く感銘を受けました。就職にあたり、国家資格である『ダンジョン救命士二級』の資格も取っています。本日はよろしくお願い致します」

そう言って女子学生は深くお辞儀をする。あまりにしっかりした自己紹介に、悠真は驚きを隠せない。

——俺もあんな感じで言わなきゃいけないのか？　それに『ダンジョン救命士』ってなんだ⁉　そんな資格があんのか？

「ありがとうございます。では、次の方」

悠真が焦《あせ》っている間に、次の学生が立ち上がる。背の高い、いかにも体育会系といった感じの大学生。

悠真は五人の真ん中に座っていたため、次は自分の番だと緊張し始める。

「自分は五橋《いつつばし》大学四年の有峰裕次郎《ありみねゆうじろう》です。大学ではダンジョン研究学部に入っていて日々勉強してきました。またエルシード社やアイザス社が主催するダンジョン体験会に四十回ほど参加しております！　よろしくお願いします‼」

五橋大学なんて高学歴じゃねーか！　もっと大手の企業に行けよ！　と心の中で毒づく悠真《ゆうま》だったが、自分はなにをアピールしようかと必死に考えていた。

「ははは、元気がいいね。なるほど五橋大学のダンジョン研究学部か……あそこは有名だからね。教授の中根《なかね》さんを存じ上げているが、今もご健在かな？」

「はい！　今も元気に教壇に立っております」

「そうですか、それは良かった。ありがとうございます。では次の方」

いよいよ自分の番だ。悠真はゆっくりと立ち上がり、小さく息をつく。

「わ、私は三鷹《みたか》悠真です。この春高校を卒業しました。私も人の役に立ちたいと思い、御社の求人に応募しました。特別な知識や資格はありませんが、ダンジョンには多く入ったことがありますので、その経験を活《い》かしたいです」

声が裏返りそうになるのを必死に堪《こら》え、なんとか言い切った。

「おー、十八歳の方ですか。面接に来られるのは大半が大学生か社会人の方なので、よりやる気を感じられますね。ところでダンジョンに多く入ったと言われましたが、何回ぐらい入られたんですか？」

「そ、そうですね。ひゃ、百回以上は入って魔物を倒してます！」

「おお！　それは凄《すご》い」

——嘘《うそ》じゃない、嘘じゃないぞ！　倒してたのは金属スライムだけど。

「では〝マナ指数〟もそこそこ上がっているんじゃないですか？」

「え？　あ、いや……その～、マナ指数はゼロなんですが……」

「もしかして、ダンジョンに入ったというのは一般に開放されている低層階のことですか？」

「え～、まあ……そうですね」

隣からクスッという笑い声が聞こえてきた。右端に座っていた女子大生が、口元を押さえて笑っている。

他の学生も、笑いを堪えているように見える。

悠真は顔から火が出るほど恥ずかしくなってきた。

「う～ん、一般に開放されてるダンジョンはレジャー施設と変わらないから……経験とは見なされないかもしれませんね。うん、ありがとう。では次の方——」

試験官がなにか言っていたが、悠真はその後の記憶がほとんど無くなっていた。

フラフラと会社を出て、外に設置されているベンチに腰を下ろす。ハッキリと分かっているのは、間違いなく落ちたということだけ。

「ハァ……面接ってこんなに大変なのか……甘く考えすぎてたな」

どっと疲れが押し寄せ、気分も落ち込む。父親はこうなることが分かってたから、あんなに反対してたんだな。

社会の厳しさを充分知っている人だ。就活がうまくいかないことも見越してたんだろう。

「素直に大学行った方がいいのかも……」

弱気になる悠真だったが、フルフルと首を横に振る。

あれだけ大見得《おおみえ》を切って就職したいと言ったのに、簡単にダメでしたなんてとても言えない。カッコ悪すぎる。

悠真はどこでもいいから、なんとか就職しないと。そう思うが、うまくいくイメージがまったく湧かなかった。そんな時――

「ほい！」

顔の横に突然缶コーヒーが差し出される。見ると坊ちゃん刈りで目の細い男性が立っていた。

「まー、これでも飲みーや！　自分、死にそうな顔しとるで」

「あ、ありがとうございます」

訳も分からず缶コーヒーを受け取り、お礼を言った。

「ワシもGIG社の面接受けとったんや。でもあかんな。間違いなく落ちとる。そんで気落ちして帰ろうと思とったら、ワシより落ち込んどる学生さんがおるやないか。面接の時見かけた学生さんやから、気になってもーてな。まあ、コーヒーでも飲んで落ち着けや」

「は、はあ……それはどうも、関西の方ですか?」

「いや、千葉出身やけど」

——えせ関西人じゃねーか！　と心の中で思ったが、もはや突っ込む気力もない。

「自分、若そうやけど、十八ぐらいか?」

「ええ、まあ……この前、高校を卒業して……」

「凄いな、その歳《とし》でダンジョン系の企業に就職しよーとすんの」

「そうですか?　でも、こんなに大変とは思ってませんでした。危険な仕事だから倍率は低いのかと思ってて」

「ああ～それは昔の話やな。今はダンジョンの研究も進んで、魔物を倒す武器なんかも進歩しとる。安全性が向上しとるんなら、高額の報酬に学生たちは飛びつきよる。かく言う、ワイもその一人やけどな」

「そうですか……」

「まあ、そう落ち込むなや！　ワイは天王寺明人《てんのうじあきと》。お互い運よく就職できたら、今度は現場で会おうや。自分、名前はなんちゅうんや」

天王寺と名乗った男性はニカリと笑って見つめてきた。細い目がさらに細くなる。

変わった人だなと思いつつも、妙な親近感を覚えてしまう。

「三鷹悠真です」

「悠真か。ほんなら、また会おうや悠真。じゃあな」

天王寺はそう言って去っていった。あの人ならコミュ力だけで受かりそうな気がする。

そう思いながら、悠真は立ち上がり帰ることにした。

駅に向かう道すがら、大きな書店が目に入る。

――そう言えば、ネットでしかダンジョンの情報を仕入れてないな。本格的な勉強をするなら、やっぱり本を買うべきか。

「ちょっと寄っていこう」

悠真は書店の自動ドアをくぐり、店内へと入る。それなりに大きな店だ。

ダンジョン関連のコーナーを探すと、すぐに見つけることができた。結構なスペースを割《さ》いているので人気なのだろう。

「う～ん、どれどれ」

平積みしている本に目を移せば、様々なタイトルが見て取れる。

『一流探索者《シーカー》が教える魔物討伐の極意』

『かんたんダンジョン活用術。低層階の魔宝石で儲《もう》ける方法』

『魔物図鑑～世にも珍しい生物たち～』

『探索の素人《しろうと》が、サラリーマン探索者《シーカー》になるために』

『ダンジョン関連企業への就職活動。１００％の内定獲得術』

『キャリアコンサルタントが教えるダンジョン企業攻略法』

「凄いな、就活本まであるのか」

何冊かを手に取り、パラパラとページをめくる。やはりネットには書かれていないような情報がびっしりと詰め込まれていた。

なにより情報の出処が明確なのがいい。ネットの記事だと本当なのか嘘なのかよく分からない場合もあるからだ。

三冊ほど買うことにした。当然、就活本が中心だ。

「次の面接では恥をかかないようにしないと」

家に帰ってきた悠真は、さっそく買ってきた本を机の上に並べる。

リュックを放り投げ、スーツを皺《しわ》にならないようハンガーに掛けたあと、椅子に座って、その内の一冊を開いた。

ダンジョンと、新たに誕生した企業の成り立ちについて書かれた本だ。

「やっぱり本を開くと、勉強をしてる感じがするな」

悠真は〝もくじ〟を眺め、おもしろそうなページに栞《しおり》を差し込む。そこには大企業がダンジョンの魔法を利用し、医療ビジネスを展開した経緯が記されていた。

ダンジョンには五つの魔法がある。回復魔法と四つの攻撃魔法。

当然、企業が注目したのは『回復魔法』だ。今まで治すことのできなかった病気や怪我《けが》の治療は、人類の夢であり医療の目標でもあった。

それが超常現象である未知の迷宮によって実現したのだ。

しかし問題があった。回復魔法を使うためには『白のダンジョン』に入り、魔宝石を入手しなくてはならない。

だが『白のダンジョン』は、六色のダンジョンの中で最も攻略難易度が高く、軍隊を投入しても下層に進むことができなかった。

そこで重要だと考えられたのが四つの攻撃魔法。

『火』『水』『風』『雷』の四つは魔法の四元素とも呼ばれ、白のダンジョンに巣食う魔物を倒すのに非常に有効だった。

特に『火』と『雷』は攻撃力が高く、白のダンジョン攻略に大いに役立つ。

しかし、ここで問題が起こる。『火』と『雷』の魔法を手に入れるためには、赤と黄色のダンジョンに探索者《シーカー》を送らなくてはならない。

だが、そこにいるのは当然、狂暴な魔物ばかり。使えば強力な魔法は、使われれば危険な魔法になってしまう。

当初、ダンジョンの研究や攻略が進まなかった理由がここにある。

多くの人々が頭を抱える状況だったが、しばらくすると世界に朗報がもたらされる。

オーストラリアの学者、イーサン・ノーブルによって魔法の相関関係が解明されたのだ。

『火』は『水』に弱く、『水』は『雷』に弱い。『雷』は『風』に弱く、『風』は『火』に弱い。

すなわち火の属性を持つ赤のダンジョンの魔物は『水魔法』で倒し、雷の属性を持つ黄色のダンジョンの魔物は『風魔法』で倒すのが効率的であるとされた。

この役割を中小の企業が担《にな》い、入手した『火』と『雷』の〝魔宝石〟を大手の企業に売り渡す。

大手企業はこの魔宝石を使って火と雷を使う探索者《シーカー》を育成し、『白のダンジョン』に挑む。これが現在確立されているビジネスモデルである。

企業の役割分担が明確となり、ダンジョンの攻略が進むようになったが、問題がなくなった訳ではない。

企業を悩ませたのは〝マナの特性〟だ。

マナを消費して魔宝石を体に取り込むと、別の魔宝石を使うことはできない。

マナ指数が１００あれば、同じくマナ指数１００までの『火』の魔宝石を体に取り込むことができるが、風の魔宝石も使いたければ、『火』を50、『風』を50と二つに分ける必要がある。

しかし、これではどちらも中途半端《ちゅうとはんぱ》になってしまい、強力な魔法は使えない。

現在は一つの魔法を極めるのが探索者《シーカー》の間で主流になっている。

そしてもっとも重要なのが、回復魔法を使う人材の育成。

最初は攻撃魔法を覚えさせてから、魔物を討伐し、マナを上げようとした。

だが、より多くの魔物を討伐するためには強力な攻撃魔法を覚える必要がある。

一方、攻撃魔法を覚えてしまっては回復魔法を使うための〝マナ〟が残らないという矛盾を抱えることになった。

つまり攻撃魔法を使う探索者《シーカー》の育成より、回復魔法を使う探索者《シーカー》の育成の方が遥《はる》かに難しく非効率なのだ。

今では魔法の効果が付与された武器が開発されたこともあり、以前よりは探索者《シーカー》の育成環境が改善された。

それでも回復魔法を使う人材の確保が難しいことに変わりはない。

高度な治療を行えるのは、マナ指数1000を超える回復魔法の使い手だけ。彼らは探索者《シーカー》ではなく救世主《メサイア》と呼ばれるようになった。

一人の救世主《メサイア》を誕生させるには、何人もの探索者《シーカー》がサポートに付き、ダンジョンでマナ指数を上げなければならない。

そのための費用は数億とも、数十億とも言われている。

「う～ん、いくつか知ってる情報もあるけど、結局〝マナ〟が一番重要ってことだよな。

俺にもマナがあれば……」

　愚痴っても仕方ない、と思うものの、不満を漏らさずにはいられなかった。

　悠真《ゆうま》はパタリと本を閉じる。〝マナ〟がまったく無い人間が、ダンジョン関連の企業に就職しようと思えば、かなりの覚悟が必要だろう。

　他の就活生が学歴や経験があることはよく分かった。アドバンテージがなにも無い自分が同じ土俵で戦うには、相当勉強するしかない。

　悠真は残り二冊ある就活本に手を伸ばす。

「とにかく、対策を立てて面接に臨まないと……最悪、全部の企業に落ちるってことも有り得るからな」

　その日は夜遅くまで本を読みふけった。

◇◇◇

　翌日から悠真の真《しん》なる戦いが始まる。

　エントリーシートが通り、面接まで進めた企業は残り二社。どこかに引っかかって入社しないと。

【二社目】

「いや～一応、誰でも応募して下さいって広く募集してるけど……。まったく経験も資格も学歴も無いとなると……さすがにね～。STIに入ってたってエントリーシートに書いてあったから〝マナ〟があると思ってたんだけど、それも無いんでしょ?」

対面に座るのは頭の禿《は》げあがった男性面接官。あからさまに困った顔をする。

悠真はなんとかネバろうと食い下がった。

「で、でも一番大事なのは、やっぱりやる気じゃないですかね。俺、いや僕は根性はある方なんで、なんとか……」

「いや～まいったな」

面接官は指でポリポリと頭を掻《か》く。

「探索者《シーカー》と言っても最近は学歴や資格が重要になってきててね。昔は違ったんだよ。今は規制が厳しくなったせいで企業負担が増してね、どの会社も即戦力を欲しがってるんだ。そういう訳で、ごめんね」

けんもほろろに断られ、肩を落として会社を出る。今回はお祈りメールを待つまでもなかった。

心が折れそうになるが、頭を振って頬を叩《たた》く。

「まだ一社残ってる！　次だ、次‼」

【三社目】

「高校生で応募してくる方は、たいてい〝マナ指数〟をある程度持ってる方がほとんどなんですけど。マナ指数ゼロですか……。法律上、募集の段階でマナ指数の有無を問えないんですけど、現実的に無いとなると厳しいですね。せめて大卒であれば、まだ採用の可能性はあるんですが」

テーブルの対面に座った女性は、苦笑いして悠真を見る。

小さな事務所の一室。決して大きくない企業だったが、その企業でさえ自分をいらないと言っている。

女性は黒いファイルを閉じ、「ちょっとこのあと予定がありまして」と言い席を立つ。

「大学を卒業されたらまた応募して下さいね。ありがとうございました」

全滅だった。悠真は会社から出るとフラフラと歩き、生気が抜けたような表情で公園のベンチに座る。

「ああ…………どうしよう…………」

まさかこんなに箸にも棒にもかからないなんて、考え方が甘すぎた。

今から親に頭を下げて大学に通わせてもらおうか、そんな考えが頭をよぎるが待て待てと自分にブレーキをかける。

まだやり切った訳じゃない。応募してたのは東京都内で比較的給料が高い所だけ。もっと範囲を広げれば採用してくれる所はあるかもしれない。

悠真は力なく立ち上がり、その足でハローワークに向かった。

◇◇◇

「う〜ん、探索者《シーカー》の募集ですか」

職業安定所の二階、若者向けハローワークに来た悠真は、対応した就職支援員と向かい合っていた。

探索者《シーカー》希望と伝えると、職員は渋面《しぶづら》を浮かべ眉根を寄せる。

「やっぱり厳しいですかね？」

「まあ、無くは無いんですがね。ここに求人を出す企業さんは中小・零細企業が多いですから、満足される条件のものがあるかどうか……」

「あの、贅沢《ぜいたく》は言いませんので、面接に行けそうな企業を紹介してもらえませんか？」

こっちはあとがない。とにかく手あたり次第応募しようと考えていた。

「そうですか……まだ、お若いですから、他にもいい条件の企業はいくらでもありますよ。職種の範囲を広げては――」

「いえ、探索者《シーカー》の求人でお願いします！」

「はぁ……分かりました」

職員はパソコンを操作して、条件の合う求人を検索してくれる。リスクの高い職業を勧めるのが嫌なのか、あまり乗り気ではないようだ。

何枚かの求人票を出してもらう。書かれている就業場所や雇用形態、雇用条件などに目を通し「ありがとうございました」と、お礼を言って席を立つ。

帰ろうとした時、部屋の隅にあるラックにチラシが並べてあることに気づいた。

「あの、アレってなんですか？」

「え？　ああ、あれは企業の方が持ってこられた求人広告ですよ。応募の少ない企業さんが、アピールのために置いてってるんです。中にはダンジョン関連のものもありますよ」

「そうなんですか……もらっていっていいですか？」

「ええ、好きなだけどうぞ」

悠真はダンジョン企業のチラシを数枚手に取り、眺めながら部屋を出た。

家に帰ってきた悠真は、スーツを脱いで机に向かう。ハローワークでもらった求人票やチラシを並べ、食い入るように見つめた。

「求人票の労働条件は悪くないな。職員の人が選んでくれただけのことはある。チラシの求人は……少し条件が悪いか」

持ってきたチラシは五枚。どれも探索者《シーカー》の求人で、会社をアピールするイラストが描かれていた。その内の一枚を手に取る。

落書きのようなキャラクターが『一緒に働こうよ！』と勧誘していた。

悪目立ちしていたため悠真は興味を持ち、会社の概要を確認する。

「あれ？　これって……」

そこには見たことのある企業名が書いてあった。

「株式会社、Dーマイナー……浜中さんからもらったメールにあったよな」

確か最初に目がいった企業だ。だが、会社の規模は一番小さく、労働条件も悪かった。

そのため早々に応募対象から外していたな、と思い返す。改めてチラシに書かれた労働条件を確認するが、やはりいいとは言い難《がた》い。

福利厚生は最低限あるものの、基本給が安すぎる。探索者《シーカー》はリスクがあっても報酬が高いことで人気があるのだ。

この条件では誰も応募しないだろう。

そう思ったが、悠真はピンッと閃《ひらめ》く。

「待てよ……これだったら」

条件が悪いなら、それだけライバルが少ないってことだ。今までいい条件の企業を上から順に選んでいたけど、それが間違いじゃないのか？

むしろ悪い条件の企業を下から順番に受けていけば……。

とにかく内定が欲しかった悠真は、この方法に賭けてみることにした。悪い条件の企業に手当たり次第に応募して、受かった中から一番いい企業を選べばいい。

もう一度チラシを確認する。基本給は安いが、成果給はしっかり払うと書かれている。

つまり働けば働くほど給料が上がる可能性はあるということだ。

「Ｄ－マイナーの住所は千葉県……取りあえず応募してみるか」

◇◇◇

千葉県柏《かしわ》市――
悠真がＤ－マイナー社に電話を掛けたところ、面接したいと言われたため、千葉にある会社へ赴《おもむ》くことにした。

ネクタイを締め、リクルートスーツに身を固めた悠真が柏駅に降り立つ。

スマホの地図アプリを確認しながら歩いていると、寂れた商店街に迷い込む。

「う～ん、この辺だよな」

商店街を抜け、さらに人通りの少ない路地に入ると、年季の入ったオフィスビルが目に留まる。

それは五階建ての細長いビルで、お世辞にもキレイとは言えない。

「ここ……か？」

悠真は正面扉を開け中へと入った。室内は薄暗く、不気味な雰囲気さえ漂う。

「すいませ～ん、面接に来た三鷹《みたか》ですが～」

大きな声で呼びかけるが応答が無い。どうしたものかと辺りを見回すと、壁に受話器が取り付けられていた。

その横に『御用の方は受話器を取って下さい』と、壁に貼られた紙に書いてある。

「これを取ればいいのか？」

受話器を取って耳に当てると、プルルルルと呼び出し音が鳴っている。どうやら自動的に繋《つな》がるようだ。

『──ガチャッ。はい、どなたですか？』

電話口に出たのは若い女性の声だった。

「面接に来た三鷹悠真《ゆうま》です」

『あ～はいはい、聞いてます。悪いんだけど、一旦外に出て裏手に回ってくれる？　そこに出入口があるから、三階まで上がってきて』

「あ、はい、分かりました」

悠真は言われた通り外に出て、ビルを回り込み裏手に行く。すると確かに裏口があった。

中に入ると急勾配《きゅうこうばい》の階段があり、上に向かって続いている。どういう造りなんだ？　と思いつつも言われた通り三階まで駆け上がった。

「はぁ、はぁ……けっこうしんどいな」

息を整え、目の前にある扉を開く。

そこは雑多な物が乱雑に置かれ、えらく散らかっていた。デスクが並べられているので仕事場だと理解はできるが、ここが物置だと言われても疑わないだろう。

「あの～三鷹です」

「あーはいはい！」

部屋の奥から若い女性がやって来る。歳《とし》は二十代前半だろうか、白のタンクトップにカーキ色のオーバーオールを穿《は》き、髪はロングの茶髪。

だが派手な感じはしない。むしろ落ち着いた印象を受ける。

「ごめんね、汚い所で。入って、入って！」

言われるまま中へと入る。部屋の中ほどにデスクが四つ。その上に堆《うずたか》く積まれていたのは、本や書類、何に使うか分からないガラクタだ。

「社長！　面接の子が来たよ。ほら、起きて！」

女性がそう言うと、部屋の奥にあるソファーから唸《うな》り声が聞こえてくる。

「うぅ～、ああ？　もう、そんな時間か……」

社長と呼ばれた男は、ソファーから気《け》だるそうに起き上がり、ボリボリと頭を掻《か》いて大きな欠伸《あくび》をする。

そのまま立ち上がって悠真の元までやって来た。

身長は大きく、百八十以上はあるだろうか。くたびれたTシャツから覗《のぞ》く胸板は厚く、腕も筋骨隆々だ。

だがボディービルダーのような見せる筋肉じゃない。格闘家のような使う筋肉だ。

「おう、よく来たな。まあ座れ」

社長は鷹揚《おうよう》な態度で席を勧めてきた。かすかに酒の臭いが鼻をかすめる。

――酒飲んでるのか？　大丈夫かな、この人……。

悠真が近くにあったデスクチェアに腰をかけると、社長も隣のデスクにある椅子を引っ張り出し、ドスンッと座って悠真と向かい合う。

どうやら面接室などは無さそうだ。

「俺はこのD－マイナーの社長、神崎《かんざき》だ。こいつは娘の神崎舞香《まいか》。事務とか諸々《もろもろ》の仕事をやってもらってる」

悠真が視線を移すと、舞香はにこやかな笑顔で手を振ってきた。

「もう一人社員がいるが、今は出かけてるところだ。それで、え～と……名前、なんだったっけ？」

「あ、三鷹です。三鷹悠真。今、履歴書を出します」

悠真はリュックから履歴書を入れた封筒を取り出す。それを目の前にいる神崎に渡した。

「十八か……最近は大学生や社会人が多いからな。〝マナ指数〟が高いのか？」

「い、いえ……マナ指数はゼロなんですが」

「そうか」

神崎は顎に指を当て、眉間にしわを寄せながら履歴書を見ている。ここでも〝マナ〟が重要視されるのかと、悠真は不安になる。

「あ、あの、やっぱり〝マナ〟がある程度無いと、働くのって難しいですかね？」

神崎は片眉を上げ、悠真を見る。

「いいや、マナ指数なんて働きながら上げていけばいいだろう。うちは特にこだわらねーよ」

「そ、そうですか」

悠真がホッと息をつくと、神崎は「それよりも！」と大きな声を出して、履歴書をデスクに放り投げる。

「やる気が肝心だ！　三鷹だったな。お前はどーして探索者《シーカー》になりたい？　金か？　それとも名誉や名声か⁉　返答によって採用するかどうか決める！」

神崎は眼光鋭く悠真を見据える。その迫力に、う、とたじろぐ悠真だったが、これ以上不採用通告を受ける訳にはいかない。

面接対策として用意してきた『社会貢献のため』や『自己実現のため』など、それっぽいことを言ってみようか？

いや、この人にはそんな上《うわ》っ面《つら》な答えじゃダメな気がする。

ここは本音で――

「じ、自分は金を稼ぎたくて探索者《シーカー》になりたいと思いました。同年代より多く稼いで、ゆくゆくは……」

「おう、なんだ？」

悠真はずっと抱いていた願望を、思い切ってぶちまける。

「FIRE《ファイア》（早期リタイア）して、悠々自適に暮らしたいです！　仕事とか嫌いなんで、とにかく稼いで辞めたいです‼」

言いたいことは言い切った。どうだろうと顔を上げると、神崎と舞香はポカンとした顔で見つめている。

——しまったあああああ！　本音を出し過ぎた！　これじゃあ仕事したくないヤツだと思われる‼

「あ、あの、補足するとですね」

「おい、三鷹！」

神崎が真剣な表情で睨《にら》んできた。悠真はゴクリと唾を飲み「は、はい」と返事をする。

どやされる——と思った瞬間。

「いいじゃねーか！　明確な目標があって。俺は気に入ったぜ‼」

「え？」

「いやいや、最近の若い連中は多いんだよ。社会のためにどうたらこうたらとか、やたら意識高い系ってヤツがよ。俺はそういうヤツが大嫌いなんだ！　お前もそうだったら即、叩《たた》きだしてやろうと思ってたが、そうかＦＩＲＥ《ファイア》か……いい目標だ！」

「は、はい、ありがとうございます」

どうやら気に入られたようだ。安堵《あんど》の息を漏らすが、後ろに控えていた舞香は呆《あき》れた顔をしている。

「ちょっと社長、いいの？　早期退職が目標って、すぐ辞めちゃうってことだよ！」

「なんだバカ野郎！　目標があった方が目の前の仕事をがんばれるだろうが！　俺も仕事は嫌いなんだよ。さっさと辞めたいから必死に働いてんだ。一緒、一緒」

神崎のあまりの暴言に、舞香は呆れを通り越し、諦めの表情を浮かべる。

「まあ、とにかく合格だ。さっそく明日からでも働きに来い！」

「ええ⁉」

「ちょっとダメだよ。社長！」

困惑する悠真に代わって、舞香が間に入る。

「三鷹君は他の会社にも応募してるんだよ。うちはその中の一つ。他の会社の合否を見ないと、ここで働くかどうか決められないでしょ！」

「なんだ、そうなのか？」

神崎がしかめっ面で聞いてきた。

「あ、いや、まあ、その……他の企業にも一応、エントリーはしてます」

「んだよ、まどろっこしい！　決めちまえよ、ここに！」

「なに言ってんの！　うちみたいな会社第一志望にする子なんている訳ないでしょ。からまないの！」

舞香に諌《いさ》められ、社長は「分かったよ」と言って不貞腐《ふてくさ》れるが、悠真に対して真剣な眼差《まなざ》しを向けてくる。

「とにかく！　うちでは内定を出す。やる気のあるヤツは歓迎するからな。気が向いたらいつでも来い！」

「は、はい！　ありがとうございます」

悠真はお礼を言い、ウキウキした気持ちで会社をあとにした。内定が一つあるのと無いのじゃ、全然気持ちが違う。

「とは言え、ここは一番条件が悪い会社だからな。滑り止めみたいなもんだ。他の企業からも、なんとか内定を取らないと」

悠真は意気揚々と家に帰った。

そして他の企業にも積極的に応募してゆく。より良い就職を目指すために。

一件の内定を得たあとの、死力を尽くした就職活動。

自分の全てを出し切ったと言えるほど、がんばった。その結果は――

全滅。見事なぐらいの全滅。

「ああ～、ダメだったか～……」

かなり条件の悪い企業が多かったため、二、三社はいけると思ってたのに。

悠真はベッドに寝転がり、天井を見つめる。精神的なダメージは大きい。やっぱり世の中は、そんなに甘くないってことか。

悠真はふらりとベッドから起き上がり、壁に掛けてある鏡の前に立つ。

フンと体に力を込めると、皮膚が黒く染まっていく。服は体に取り込まれ、異形の怪物へと姿を変えた。

鋼鉄の鎧《よろい》が全身を覆い、額からは長く鋭い角が伸びる。赤く光る眼光と、獰猛《どうもう》なキバ。

鏡に映った自分の姿は、怖い反面とても強そうだ。

今度は力を抜き、ドロリと体を溶かす。少しずつ小さくなり、丸いスライムに変わった。

悠真は体をプルプル震わせ、最後にスライムの体も溶かして、『液体金属』の水溜《みずた》まりとなる。

黒い水溜まりはウネウネと動き、部屋の絨毯《じゅうたん》を移動した。

ピタリと止まると、またプルプルと震え出す。

「なんでだ‼ こんなことできる人間がどこにいるって言うんだ⁉ 俺は人型、スライム、水溜まりと三段階に形態変更《トランスフォーム》できるんだぞ！ なのに、なんで企業の面接に落ちまくるんだ‼」

水溜まりが怒りを爆発させる。

またウネウネと形を変え、人型に戻る。しばらくすると【金属化】の変身効果が切れ、元の姿へと戻った。

悠真《ゆうま》は力なく、バタンとベッドに倒れ込む。

はぁと息を吐き、仰向けになってまた天井を見る。

「…………理由はハッキリしてる。…………このことが言えないからだ」

自分が持つ能力が有用なことは分かってる。超一流の探索者《シーカー》には及ばないだろうが、それでもSTIで魔物を何匹も倒してる。並の探索者《シーカー》よりは強いはずだ。

このことを言えればきっと就職もできる。しかし言う訳にはいかない。悠真はジレンマに陥り、ストレスからか胃が痛くなる。

「結局、内定が出たのはD－マイナー一社だけか……」

かなり変わった会社だっただけに、入社して大丈夫だろうか、という不安しかない。

それでも内定が出たのはそこだけ。Ｄ－マイナーに入社するか、父親に頭を下げて大学に通わせてもらうかの二択しかなくなっていた。

どうしようかと思う反面、心の中ではすでに決めている自分がいる。

悠真はムクリと上半身を起こし、「よし！」と気合いを入れて顔を叩く。


その日の夜――

夕飯を食べたあと、両親を前に悠真は話を切り出した。

「あの～、就職の件なんだけど……」

茶碗《ちゃわん》を片付けようとしていた母親の手が止まる。

「就職がどうしたの？　悠真」

両親には就活の状況を曖昧《あいまい》にしか伝えていなかった。それだけに二人は不安気な表情を向けてくる。

「決まったよ。就職先、それで報告しようと思って」

二人は驚くも、すぐに笑顔になる。

「そうか、決まったか！　いや、どうなってるのか母さんと心配してたんだが。そうか、

そうか、決まったか」

「それで、どんな会社なの？」

母親は少し興奮気味に聞いてきた。

「ええっと、千葉にある会社なんだ。Dーマイナーっていう、アットホームな感じの会社だよ」

父親はうんうんと頷《うなず》き、

「千葉か、通えない距離でもないし、悠真が決めたんならいいんじゃないか」と嬉《うれ》しそうに言う。

母親も「そうですね」と同意した。両親が喜んでくれたことに、悠真はホッと胸を撫《な》で下ろす。正直、小さな会社で安定しているとは言い難《がた》いが、そんな事を言って心配させる訳にはいかない。

あとは会社でうまくやっていかないと、すぐに辞めたらカッコ悪いしな。

翌日――就職を決めたことを電話で舞香《まいか》に伝え、諸々《もろもろ》の手続きをするため、千葉にある会社へと向かった。

「おーよく来たな悠真！　お前は入社すると思ってたぞ‼　はっはっは」

オフィスに入るなり、社長の神崎《かんざき》が笑いながらバンバンと背中を叩いてくる。

かなり痛かったが、悠真は苦笑いしながら何とか耐えていた。相変わらず酒の臭いがするが、大丈夫だろうか？

「ごめんね。父さん馴《な》れ馴《な》れしくて。求人を出してもなかなか若い子が応募してくれなかったから、悠真君が来てくれて嬉しいんだよ」

「い、いえ、俺の方こそ雇ってもらえてありがたいです」

「あ！　私も悠真君って呼んじゃってるけどいいかな？　三鷹《みたか》君じゃ硬い感じがするからさ」

「あ、はい、大丈夫です」

神崎と舞香に促されて部屋の奥へと入ると、以前は見かけなかった人がデスクに座っていた。

小太りのおじさんだ。

眼鏡をかけ、頭頂部は寂しい感じだが、穏和な表情でとても優しそうに見える。

「ああ、紹介するね。こちら田中《たなか》さん。元ベテランの経理マンで、うちでは探索者《シーカー》兼経理の仕事をしてもらってるの」

紹介された田中は立ち上がり「どうも、田中です」と、頭を下げてきた。

「で、この前言ったように、私は神崎舞香。総務、その他諸々の雑務をやってるわ。まあ、探索者《シーカー》としてダンジョンに行くこともあるけど」

「え⁉　舞香さんも探索者《シーカー》なんですか？」

「私の場合はサポートだけどね。うちの主力はあっちだよ、あっち！」

舞香は神崎に視線を移す。

「おうよ！　改めて俺が社長の神崎鋼太郎《こうたろう》だ。社長兼探索者《シーカー》をやってる。ダンジョンが民間に開放された当初から中に入ってるからな。ベテランってヤツだ」

確かに神崎の体格を見れば、危険な迷宮を踏破する探索者《シーカー》のイメージにピッタリだ。逆に完全なおじさん体型の田中が探索者《シーカー》をやるのはかなり違和感がある。

「悠真！　次はお前の番だ。みんなに自己紹介しろ！」

「は、はい」

悠真は背筋を伸ばし、大きく息を吸い込む。

「三鷹悠真です。来週からこちらでお世話になることになりました。一生懸命がんばりますので、よろしくお願いします！」

深々と頭を下げると、三人は拍手で迎えてくれる。

「よし！　挨拶はこれくらいにして、今から悠真の歓迎会をするぞ。全員で行きつけの焼き肉屋に出発だ‼」

「え⁉　もう歓迎会ですか？」

困惑する悠真を尻目に、神崎は行く気満々でデスクにあった車のキーをポケットに入れる。

「ちょっと社長！　歓迎会に託《かこ》つけてお酒が飲みたいだけでしょ！」

「いいじゃねーか、こんな時ぐらいよ」

「なにがこんな時ぐらいよ！　毎日毎日、なにも無くてもお酒飲んでるじゃない！」

「うるせーな、さっさと行くぞ！　悠真、焼肉好きなだけ食っていいからな。全部経費で落とすから遠慮すんなよ」

「は、はい、ありがとうございます！」

こうして入社の決まった悠真は、Ｄ－マイナーの社員三人と歓迎親睦会（神崎の飲み会？）へ行くことになった。

◇◇◇

東京都大手町。都心の一等地であり、大企業のビルが立ち並ぶ一角。

そこに日本最大のダンジョン企業であるエルシードの本社ビルがある。その八階フロアの廊下を、二人の男が歩いていた。

一人はエルシードの統括本部長の本田《ほんだ》。ロマンスグレーの髪をオールバックにまとめ、仕立ての良い高級スーツに身を包む。

スラリとした立ち姿は、いかにも仕事のできそうな社会人だ。

前を歩く本田についていくのは天沢《あまさわ》ルイ。

STI卒業後に入社するための手続きと、スケジュールの確認をするために会社を訪れていた。

本田は歩きながらルイに声をかける。

「悪いね。授業終わりに来てもらって」

「いえ、全然大丈夫です」

「今現在の〝マナ指数〟はどれくらいかね?」

「1521まで上がりました」

「ほう、STIに入って三ヶ月でそこまで上げたなら大したものだ。全て無色のマナなのかな?」

「1200ほどは染めています。ただSTIでは、それ以上の魔宝石を用意できないと言われています」

「うむ、魔宝石はこちらで用意しよう。知っているとは思うが、エルシードでは一種類の魔法だけを極めてもらうことになる。その方が効率的だからね」

「その辺りはお任せします。エルシードの育成ノウハウは信頼していますので」

「はっはっは、賢明な判断だ」

本田は立ち止まり、目の前にある扉の横に設置されたカードリーダーに自分の社員証をかざす。

解錠された扉が自動で左右に開いた。

部屋の中へ入ると、明るく開けた空間に三人の男女がいる。全員、探索者《シーカー》の制服を着こみ、ベンチソファーに座って和やかに談笑していた。

本田とルイの姿を見つけると、一人の男性が立ちあがり二人の元へと歩いてくる。

ミラーレンズのスポーツサングラスを掛けた短髪の男性。

サングラスを外せば、特徴的な切れ長の眼《め》が覗《のぞ》く。

細身だが華奢《きゃしゃ》な感じはしない。不必要な筋肉を全て削《そ》ぎ落とし、必要な筋肉だけを鍛え上げた。そんな印象を受ける体格だ。

「悪いね。遠征前に時間をもらって」

本田が申し訳なさそうに微笑《ほほえ》む。

「いいんですよ。俺も期待のルーキーに会いたかったですから」

がっしりと握手を交わしたあと、本田は振り返ってルイに視線を向ける。

「紹介しよう。彼は――」

「もちろん、知っています！」

ルイは興奮気味に一歩前に出た。

「マナ指数４０５７。国内最強の探索者《シーカー》、〝雷獣〟天王寺《てんのうじ》隼人《はやと》さん！　雑誌などで、いつも拝見しています」

「ハハハ、知ってもらえて光栄だよ。君は噂《うわさ》になってるルーキーだからね」

「僕こそ光栄です！」

ルイは両手を差し出し、天王寺と握手をしてもらう。

「俺を知ってるんなら、あいつらのことも分かるかな？」

天王寺は親指で後ろにいるメンバーを指差す。

「もちろんです！　探索者《シーカー》を目指す人間で、天王寺さんの探索者集団《クラン》〝雷獣の咆哮《ほうこう》〟を知らない人はいません」

後ろに控えていた二人の男女が歩いてくる。

目の前に来たのは背の高い褐色の女性、ルイを見下ろす格好で口を開く。

「へえ、じゃあ、私のことも知ってるんだ」

「はい、マナ指数２７４９。灼熱《しゃくねつ》の魔剣を使う探索者《シーカー》の、美咲《みさき》・ブルーウェルさん。火魔法使いとして、とても憧れています」

「フフ、嬉しいわ。ありがと」

ルイは美咲とも握手を交わし、笑みを浮かべる。

「おいおい、俺も忘れないでくれよ」

一際《ひときわ》大きな体軀《たいく》の男性を見て、ルイは顔を綻ばせる。

「もちろんです！　マナ指数３４７７。国内で二番目に強いと言われる探索者《シーカー》〝電磁砲〟の異名を持つ泰前彰《たいぜんあきら》さんを忘れる訳がありません！」

「なるほど、俺たちのデータは全部頭の中に入ってるって訳か、おもしろい」

ルイは泰前とも固い握手を交わした。その様子を微笑ましく見ていた天王寺が口を開く。

「俺たちはこれから北海道にある『白のダンジョン』に行くところなんだ。他のメンバーはすでに現地入りしてる。数週間は泊まり込みの……まあ、遠征ってやつだ」

「それは……大変ですね。無事に任務が達成できるよう、祈っています」

「ハハ、ありがとう。君も早く戦力になって俺たちを助けてくれ。もちろん『火魔法』を極めるつもりなんだろ？」

「はい！　そのつもりです」

「目指すは〝炎帝アルベルト〟かい？」

天王寺の言葉に、ルイは思わず顔を赤くする。

「は、はい……僕なんておこがましいですが、目標は世界最強。マナ指数８２１１のアルベルト・ミューラーさんです」

「いいね。目標は高い方がいい、それでこそ期待のルーキーだ。楽しみにしているよ」

「はい！」

天王寺たち三人は本田に挨拶し、そろって部屋を出ていった。

「さて、うちの探索者《シーカー》との初顔合わせは、どうだったかな？」

「すごく緊張しました」

「そうかい？　えらく堂に入ってるように見えたが」

「いえ、とんでもない」

首を横に振って謙遜するルイを見て、本田は笑みを零《こぼ》す。

「実は一週間後、君には福岡に行ってもらおうと思っている」

「福岡、ですか？」

「ああ、急な話で申し訳ないが、会社は君がＳＴＩを卒業するのを待ちきれないらしい。

早く実績を積んでもらいたいんだろう。もちろんＳＴＩに話は通してあるから、心配はしないでくれ」

「そういうことなら……でも福岡ということは――」

「ああ、あそこには『緑のダンジョン』がある。そこでマナ指数を上げて欲しい。福岡支部にいる探索者集団《クラン》が君を全面的にサポートする」

「福岡支部の方が……ありがたいですが、ご迷惑じゃないでしょうか？」

「はっはっは、君をスカウトした石川《いしかわ》が言っていたよ。君からは天王寺以上の素質を感じると」

「そんな、天王寺さん以上だなんて……」

「もし周りに迷惑をかけていると思うなら、マナ指数の壁を越えて早く戦力になってくれよ。天沢ルイ君」

「はい！　全力を尽くします」

ルイは自分に向けられる期待の大きさを実感する。

その期待に応えるため、できる限りの努力をしようと決意を新たにした。

第二章　株式会社D－マイナー

「よ――――し！　今日は悠真《ゆうま》の仕事始めだ。張り切って行くぞ！」

神崎《かんざき》の大声が室内に響く。

悠真は千葉にあるD－マイナー社に来ていた。神崎の言う通り、今日から本格的に仕事が始まる。

なにもかもが初めてだったため、悠真は少し緊張していた。

「まあ仕事つっても、やることは単純なんだがよ」

神崎はオフィスの奥にある自分のデスクの椅子にドカリと座り、足を組んでタバコに火をつける。

「田中《たなか》さん！　説明してやってくれ」

「はいはい」

田中は机の上に置いてあった資料を持ち、悠真の元まで歩いてくる。相変わらず優しそうな表情のおじさんだが、貫禄《かんろく》のあるお腹《なか》が揺れていた。

本当に現役の探索者《シーカー》なんだろうかと、ちょっと疑問に思う。

「やあ、悠真君。改めてよろしくね、君の教育係を務める田中です」

「よろしくお願いします！」

「まず初めにやらなきゃいけないのは、君の〝マナ指数〟を上げることだ」

「マナ指数ですか」

「うん、君のマナ指数を上げて、ある程度戦える状態になって欲しいんだ。最終的に僕たちは『赤のダンジョン』に挑まなきゃいけないからね」

「赤の……ダンジョン」

悠真が田中の言葉を飲み込んでいると、タバコをふかしていた神崎が口を挟む。

「まあ、要するにだ。俺たちは下請けの業者ってやつだから、大手の企業に商品を卸さなきゃいけねぇ。その商品ってのが赤のダンジョンの産出物、〝火の魔宝石〟だ」

神崎の話によれば、赤のダンジョンで魔物を倒すには〝水魔法〟が効率的だと言う。そのため、まずは武蔵野《むさしの》にある『青のダンジョン』で魔物を倒し、マナを上げつつ魔宝石もドロップさせ回収するのが最初の仕事になるそうだ。

「武蔵野の『青のダンジョン』なら家から近いです」

「そうか、それなら行ったことぐらいあるだろう？」

神崎に問われ、悠真はドヤ顔で答える。

「ええ、二回ほど。スライムも倒しましたよ」

自慢するように言った悠真を見て、神崎と舞香《まいか》、そして田中は、クスクスと笑みを零した。

「な、なにか変なこと言いましたか？」

戸惑う悠真をよそに、神崎は首を横に振り「いや、なんでもねえ。まずは武器選びからだ。ついて来い悠真」と席を立つ。

神崎はオフィスを出て階段を下りていった。

悠真も田中と一緒に外に出て、神崎のあとをついて行く。

「どこに行くんですか？」と田中に聞くと「二階の倉庫だよ」と答えてくれる。

ワンフロアだけが会社のオフィスかと思っていたけど、どうやら二階もＤ－マイナーが使っているようだ。

神崎は二階の扉を開き、中へ入っていく。悠真と田中も同じように扉をくぐった。

中は埃《ほこり》っぽく、カーテンが閉められていることもあり、少し薄暗い。色々な道具が乱雑に置かれていた。

棚に立てかけられているのは棍棒《こんぼう》や剣だろうか。ヘルメットやプロテクターのような物もある。神崎はその一つを手に取り、パンッパンッと埃を払う。

「ごほっ、使ってねーのもあるからな……悠真、この中から武器や防具を選べ」

「武器と防具ですか？」

「ダンジョンで使う武器はちょっと特殊でな。これなんかは……」

神崎は立てかけてあった棍棒を手に取る。その棍棒は青銅色をした重厚な雰囲気の物だ。

「こいつはエルシード社製の魔法付与武装【水脈の棍棒】だ。ダンジョンの中で魔力を込めれば、この棍棒自体が水の魔力を帯びて青く発光すんだよ」

「魔法付与武装って探索者《シーカー》が使う武器ですよね？　俺、使ったことなくて、あんまり詳しくないんですけど」

「なんだ、ＳＴＩで教えてくれなかったのか？」

神崎は「しょーがねーな」と棍棒を肩に乗せ、めんどくさそうに説明を始める。

「マナってのはそれだけじゃ何の役にも立たない。それを〝無色のマナ〟ってんだ。そんで魔宝石を飲み込んで魔法が使えるようになると、魔宝石のマナ指数分、無色のマナが減っていく。これが〝マナが染まる〟って現象だ」

「マナが染まる……」

「そう、そして染まったマナを〝魔力〟と呼ぶヤツもいる。この魔力の大きさが、そのまま攻撃力の強さって訳だ」

マナを魔力に変えて初めて〝魔法〟が使える。悠真もSTIで学んでいたが、プロの探索者《シーカー》である神崎から聞くと、より実感が湧いてくる。

「まあ、魔法が使えても、それだけで魔物と戦えるのは上位の探索者《シーカー》だけだ。大抵の探索者《シーカー》は〝魔力〟が足りねーんだよ。そこで出てくんのがこの魔法付与武装だ。こいつは少ない魔力でも高い攻撃力を生み出す。要するに魔法を補助する道具だ。核の部分に〝魔宝石〟が使われてるのが特徴だな」

「エルシードって、そんな物まで作ってるんですか?」

「ダンジョン用の武装なら世界的なメーカーだ。国内で使われてる武器や防具は、ほとんどエルシード社製だと思っていいだろう」

悠真は神崎から棍棒を受け取ると、興味深そうに見回した。聞けば金属ではなく、特殊なセラミックでできてるらしい。

「マナ指数70ぐらいを魔力に変えれば、こいつは使えるぞ。まあ第三者が魔力を込めることもできるんだが、効率的じゃないからうちではやらねーけどな」

「へ～」

「つっても今回行くのは『青のダンジョン』だ。水属性の魔物に水魔法使っても意味ねーから、使うのはこっちだ」

神崎は隣にある棚を指差した。そこにはまた別の武器が置いてあったが、明らかに魔法付与武装とは雰囲気が異なる。

「これは？」

「魔法付与武装じゃねえ。スタンガンの一種だな。スイッチを押せば電気が流れる、電池式だ」

「電池式⁉」

「強力な充電式電池だ。雷魔法に比べたら遥《はる》かに弱いが、水属性の魔物にはけっこう効くんだよ。好きなもの選んでいいぜ」

「好きなものって言われても……」

悠真は辺りを見渡す。棚にあるのは長い棍棒のような武器。手前のテーブルには、短剣や電磁警棒が置かれていた。

棍棒を手に取って、柄の中ほどにあるスイッチを押すと、バチバチと先端から細い光が迸《ほとばし》る。スタンガン系の武器は一般的によく使われる武器だが、プロの現場に入ってもスタンガンか、と悠真は少しがっかりした。

だが魔法が一切使えない悠真が魔法付与武装を扱える訳もなく、仕方ないと思いながら棚の武器を見ていると――

「あれ？　これって……」

棚の隅っこに置かれている物に気づく。最初は棍棒かと思ったが、どうやら違うようだ。埃をかぶったそれを取り出す。

細長い柄の先に大きな金属がくっついた、まるで金槌《かなづち》みたいな武器だ。

「あーそれか。懐《なつ》かしいな。昔はよく使ってたんだが」

「古い物なんですか？」

「ああ、エルシード社が作ったダンジョン用武器の初期モデルだ。やたら頑丈にできてるスタン系の武器だ。俺は好きだったんだがな。今は棍棒や短剣が主流になってな。廃《すた》れちまった」

田中も神崎の言葉に頷《うなず》きつつ、話を引き取る。

「悠真君も使いやすい武器を選んだ方がいいよ。特に初心者のうちはね。短剣なんてどうかな？　これから行く所には強い魔物なんていないけど、効率的に倒すことは大事だよ」

田中は穏やかな笑顔で短剣を勧めてくる。プロの探索者《シーカー》が言うならそうなのだろう。だけど散々金属スライムを金槌で倒してきたせいか、この細長い金槌のような武器は、手にしっくりと馴染《なじ》む。

「すいません田中さん。俺、できればコレが使いたいです」

「そうかい？　悠真君がそう言うなら仕方ないけど……」

その様子を見ていた神崎も、

「まあ、自分の性に合ってる武器を選ぶのが一番だ。それで使いにくけりゃ、また代えればいい」

「はい、ありがとうございます」

田中も「確かにそうですね」と納得した。

「ところでこの武器、なんて名前なんですか？」

悠真が尋ねると、神崎は「うーん、確か長ったらしい正式名があった気がするが……」

と眉間にしわを寄せ、ボリボリと頭を掻《か》く。

「やっぱり覚えてねえ。俺は〝ピッケル〟って呼んでたけどな」

「ピッケル？」

「登山に使う道具だよ。あれに形が似てたんでピッケルって呼んでんだ。そうだよな田中さん！」

「ええ、私もそれ以外の呼び方は知りませんね」

――ピッケルか……。俺には合ってる気がする。これを使ってガンガン魔物を狩りまくろう。

「あとは防具だな」

神崎《かんざき》は重ねて置いてあるヘルメットを一つ取り、悠真《ゆうま》の頭にバフッと被《かぶ》せる。

「こいつを被っていけ」

「これ、ダンジョン用のヘルメットですか？」

「いや、作業現場で使う普通のヘルメットだ」

「作業現場……」

怪訝《けげん》な表情になる悠真をよそに、神崎は床に置いてある黒い長靴を持ってくる。

「ほい、これも履いていけ」

「これも、まさか……」

「もちろん作業現場で使う普通の長靴だよ。いやいや、なんだかんだ言って、これが一番役に立つんだって」

「はあ……」

「ああ、あと――」

神崎は部屋の奥へ行き、ロッカーを開けて何かを取り出す。「これこれ」と言いながら悠真の元へ持ってきた。

「ほら、これ使え。ゴム手袋だ」

「ゴム手袋？」

「重要な防具だ。水気の多いダンジョンでスタンガン系の武器を使うんだ。感電を防ぐ長靴とゴム手袋は必須だぞ！」

「いや、まあ、そうかもしれませんけど。これ防具って言えるんですかね？」

「立派な防具だよ！」

「ちなみに、このゴム手袋も作業現場用ですか？」

「いや、これは家庭用だ」

「家庭用!?」

唖然《あぜん》とする悠真だったが、神崎に「いいから行った、行った」と言われ、部屋から追い出される。

道具を一式持ち、仕方なく田中と共に『青のダンジョン』へと向かった。

◇◇◇

福岡県大野城《おおのじょう》市——
五年前、大野城総合公園に出現した『緑のダンジョン』。

穴の上には大きなオフィスビルが建造され、様々なダンジョン関連企業が入居していた。日本最大のダンジョン企業、エルシード社もその一つだ。

ビルの四階フロアを全て借り上げ、エルシードの福岡支部として利用している。

「こっちだよ。天沢《あまさわ》君」

福岡支部の探索者《シーカー》吉岡《よしおか》に手招きされ、ルイは黒い自動ドアを抜けて『ａｒｍｏｕｒｙ』と書かれた部屋に入る。

そこに並べられていたのは数々の武器や防具、どれもエルシード社製の物だ。

「はっはっは、凄《すご》いだろう！　最新式の物ばかりだ。こんな物が好きなだけ使えるのはエルシードの探索者《シーカー》だけだぞ」

豪快に笑う吉岡に、ルイも顔を綻ばせる。

本田《ほんだ》に言われた通り、ルイはＳＴＩの課外実習として福岡へ来ていた。早速ダンジョンに入ることになり、探索に使う武器や防具を選んでいるところだった。

「確かに凄いですね。こんな高価な物、雑誌でしか見たことありません」

「まあ、エルシードは探索者《シーカー》の育成費をケチったりせんからな」

ルイの目の前にいる吉岡は、福岡の探索者集団《クラン》〝害虫駆除業者《エクスターミネーター》〟のリーダーだ。

身長はそれほど高くないが、がっしりとした体格。角刈りにした髪型は、いかにも職人気質《かたぎ》に見える。

「まず防具からだな。今着ているスーツは防刃《ぼうじん》仕様だが、それだけじゃ心もとない。その上からプロテクターを着てもらう」

ルイは白と灰色のツートーンカラーのピッチリしたスーツを着ていた。

なんの素材で作られているのかは分からなかったが、とても丈夫な素材なのは間違いない。

吉岡がラックから、ルイ用にオーダーメイドで作られたプロテクターを取り出し、部屋の中央にある長机の上に置いていく。膝脛《すね》、胸部、脊椎背面、パンツインナー、肩肘など体のあらゆる箇所を守るプロテクターが並べられる。

さらに白い手袋とブーツも置かれ、吉岡は最後にヘルメットを手に取った。

それは白と黒で彩《いろど》られたフルフェイス型のヘルメット。

「取りあえずこれだけだな。これは全部耐熱、防刃機能を持ってる。緑のダンジョンは風魔法を使ってくる魔物が多いからな。斬撃を防げる防具は必須なんだ」

「このヘルメットは……」

「おう、知ってたか。こいつはハイテクの塊だ。通信はもちろん、シールドの部分に望遠、暗視の機能もある。ＩＣチップが搭載されていて、ＡＩによるサポートも受けられるぞ。

そんでこいつが……」

吉岡は白い手袋を手に取り、ルイに見せてきた。

「ここに液晶画面があるだろう。ここで時間やバイタルをチェックできる。体調管理も大事な仕事だからな。異常が出たらすぐ言えよ」

「はい、ありがとうございます」

「次は武器だ。俺のおすすめがあるんだが……」

「吉岡さんの指示に従います。この『緑のダンジョン』の専門家中の専門家ですから」

「はっはっは、そうか！　だったらこいつが最適だぜ」

吉岡が棚から取り出し、鞘《さや》から抜き放ったのは刀身が赤い刀だった。

「こいつは【炎熱刀・参《さん》式】、魔法付与武装の最新モデルだ。まだ試作品だが、火魔法の伝導効率が大幅に向上している」

ルイは吉岡から炎熱刀を受け取ると、研ぎ澄まされた刃《やいば》をじっくりと眺める。

刃渡りは七十センチほど、鍔《つば》の無い日本刀といった感じだ。波打った美しい刃文《じんもん》が見て取れる。

「緑のダンジョンに出てくる魔物は〝昆虫型〟の魔物ばかりだ。奴《やつ》らは〝火〟に弱いからな。この刀で致命的なダメージを与えることができる」

「僕の火の魔力は1200ほどですが、使いこなせるでしょうか？」

ルイが不安気に尋ねると、吉岡は「心配するな！」と言ってポケットから黒いケースを取り出す。

フタを開けると、中には赤い宝石が入っていた。

「こいつは〝桜花《おうか》のレッドスピネル〟1・5カラットだ。食えば火の魔力が150ほど上がる。君が元々持っている1200の魔力と合わせて計1350。この【炎熱刀】を使うには充分な魔力だ」

ルイはケースを受け取り、魔宝石である〝レッドスピネル〟を摘まみ上げた。

吉岡にペットボトルを渡されたので、コクリと頷き、魔宝石を口に含むとペットボトルの水で一気に流し込む。

「どうだ？　大丈夫か？」

顔を覗《のぞ》き込んでくる吉岡に、ルイは「大丈夫です。お腹《なか》が熱くなったので、取り込んだと思います」と答えた。

「よし！　測定器でマナ指数を測ってからダンジョンに入るぞ」

「はい」

「上からの指示でな。我々が全面的にサポートして、一週間以内にマナ指数を100以上上げろと言われてるんだ。かなりハードなスケジュールになるが、覚悟はできてるか？」

問われたルイは目を輝かせ、口角《こうかく》を上げる。

「はい！　もちろんです」

◇◇◇

東京都武蔵野《むさしの》市。

薄暗い洞窟のような階層が続く『青のダンジョン』。その十二階層に、悠真と田中《たなか》の姿があった。

「さすがに疲れますね。十二階層まで下りてくると……」

クタクタになった悠真がぼやく。

「まあね。下に行くのも一本道じゃないから、場所によってはフロアの端から端まで移動しないといけない所もあるし」

田中は相変わらずニコやかに微笑《ほほえ》む。こんなに歩いても疲れた様子を見せない田中に、悠真は少し驚いていた。

――やっぱりプロの探索者《シーカー》は違うんだな。

「Ｄ－マイナー社のライセンスだと、二十階層まで下りられるけど、今は取りあえず十四階層を目指そう」

「そこに何かあるんですか？」

「マナを効率的に上げるのに、丁度いい魔物がいるんだよ。まあ、見てのお楽しみだね。ふふふ」

不敵な笑みを浮かべる田中に困惑しつつ、悠真はダンジョンを下りて行った。

途中で爬虫類《はちゅうるい》のような魔物に出くわすが、全力で逃げて事なきを得る。この辺りには、まだ好戦的な魔物はいないようだ。

「なにか乗り物とかないんですか？　下に行くための」

「まあ、足場が悪いし狭い通路もあるから車は無理だよね。バイクなんかに乗っても、急に魔物が飛び出してくるから危ないよ。歩くのが一番安全かな」

「そうですか～」

悠真は溜息《ためいき》をつきながら先を急ぐ。四十分ほど歩くと、目的の階層に到着した。

「ここですか？」

「そうそう、ここ」

見渡せばゴツゴツした岩場と、所々にある大きな水溜《みずた》まりが目につく。

その周りをピョンピョンと飛び跳ねる生き物がいる。

「もしかして……アレ、ですか？」

悠真《ゆうま》が目にしたのは全身が真っ青な巨大ガエルだ。でっぷりとした体形で、ゲコゲコ鳴いている。体長は五十センチ以上あるだろうか。

カエルが苦手ではない悠真でも、さすがにたじろいでしまう。

「こいつはブルーフロッグって言う魔物なんだ。まあ、見た目はアレだけど危険はないし、そこそこマナも手に入るから初心者が倒すには丁度いいんだよ」

「はあ……」

ゲコゲコと鳴きながら近寄ってくる魔物に、悠真は顔をしかめる。

あんまり触りたくないな、と思っていると、田中が「今だよ！　ピッケルを振り下ろして‼」と叫んできた。

悠真は覚悟を決める。持っていたピッケルを振り上げ、カエルに向かって思い切り振り下ろす。

――メキャ！

嫌な音と手応えがあった瞬間。カエルは口や体から大量の液体を噴き出した。

「うわああああああ！　な、なんだコレ⁉　なんか汚いのが服やズボンに‼」

普通の水分ではない。ネチョネチョしたカエルの体液だ。

「ああ、ブルーフロッグはね、身に危険が迫ると体中から体液を撒《ま》き散《ち》らすんだ。敵が怯《ひる》んだらその隙に逃げるためにね」

田中の言う通り、確かにカエルはピョンピョンと逃げていく。

「悠真君、スイッチを押さないと電気が流れないよ」

「あ！　そうだ。すっかり忘れてた」

悠真は逃げていくカエルを追いかけてピッケルを叩《たた》きつけるが、カエルは軽快に跳び回り、大きな水溜まりに飛び込んでしまった。

「ああ、くそっ！」

「う～ん、逃げられちゃったね。まあ最初だから仕方ないよ」

優しく励ます田中は「僕がやってみるから見てて」と言い、懐《ふところ》から短剣を抜いて、水溜まりの縁《ふち》にいるブルーフロッグに近づく。

一気に飛びかかって背中に短剣を突き刺し、体重をかけてそのまま押し込む。

カエルは「ゲエエエエ！」と悲鳴を上げ、大量の体液を撒き散らした。田中は怯むことなく短剣のスイッチを押して電流を流し込む。

断末魔の鳴き声を上げながら、カエルは細かい砂になって消えていった。

「ふ～、こんな感じかな」

立ち上がった田中は、カエルの体液で全身ヌルヌルになっていた。

穏和な笑みを浮かべている田中を見て、俺もこれをやるのか？　と悠真は絶句した。

その後、田中の指導を受けて悪戦苦闘しながらカエルを討伐してゆく。

ピョンピョンと跳び回るカエルにピッケルを叩きつける。盛大に体液を噴き出している所でスイッチを押し、電流を流し込んで止めを刺す。

スイッチを入れっぱなしにすると、すぐバッテリーが切れると田中に言われた悠真は、カエルにピッケルが当たった瞬間に電流を流すことを心掛けた。

柄の長いピッケルを使っているので、短剣で戦う田中ほどカエルの体液は浴びなかったが、それでも帰る頃には全身ベトベトだ。

「田中さん……毎日こんな感じなんですか？」

「まあね。そのうち慣れるよ」

明るく笑う田中と共に『青のダンジョン』を出る。斜陽に照らされた小金井《こがねい》公園で解散となり、悠真はとぼとぼと家に帰った。

◇◇◇

それから三日間、ダンジョンに潜り続けカエルを討伐していった。

「おっかしいな……なんでだろう」

四日目の朝。出社した悠真を前に、舞香《まいか》は眉根を寄せていた。

「やっぱりダメですか？」

困惑する悠真に業務用の〝マナ測定器〟を向けながら、舞香は唸《うな》り声を上げる。

「う～ん……ブルーフロッグを二十四以上倒してるんだよね？」

「ええ、田中さんと一緒に、かなり頑張って倒したんですけど……」

「だったらマナが上がってないとおかしいよ。ブルーフロッグは一匹倒すと大体０・２から０・３ぐらいマナが上がるはずだから、二十匹倒したらマナ指数が４から６になるはずなのに」

「どうした？」

怪訝《けげん》な表情を浮かべる舞香の後ろから、神崎《かんざき》がやって来る。

「あ、社長。ちょっとおかしいんだよ。悠真君のマナ指数がゼロのままなの」

「あん、もう三日も経《た》ってるのにか？　少しくらい上がってるだろう」

「ううん、全然だよ」

「壊れてんじゃねーのか？　その測定器、けっこう古いだろう」

「じゃあ、試しに――」

舞香は測定器の先端を神崎に向け、スイッチを押す。ピッと音がしてから表示窓を覗くと、

「１１０７。合ってるよね」

「ああ、そうだな」

舞香は次にデスクで仕事をしている田中の元まで行く。

「ちょっと測らせて下さいね。田中さん」

「え？　ああ、いいですよ」

測定器を田中の胸元に向けてスイッチを押す。こちらもピッと音がして指数が表示された。

「６２３」

「はい、合ってますね」

いずれも測定器は正しい数値を示した。それを見て神崎は困ったように頭を掻《か》く。

「壊れてないのか」

神崎と舞香が測定器について話す姿を見て、悠真は不安になった。

「あの……ひょっとして俺、マナが上がりにくいんですかね？」

悠真の言葉を聞いて、神崎と舞香は顔を見交わす。

「いや、確かにマナの上がり方には個人差があるが……それにしても限度がある」

「そうよ。普通、まったく上がらないなんて有り得ないから、大丈夫だとは思うんだけど」

二人は困惑した表情を浮かべる。

悠真はひょっとすると金属スライムを倒し続けたせいで、なにか弊害が起きてるのかな？　と心配になってきた。

「とにかく、もう少し様子を見よう。それでも上がらなきゃ、その時考えりゃいい」

神崎の一言で現状維持が決まった。悠真と田中は青のダンジョンへと向かい、マナを上げるためブルーフロッグを狩りまくる。

そして二日後――


「う～～ん」

オフィスの奥にあるソファーに、神崎と悠真が対面で座っていた。神崎は腕を組んで唸り声を上げ、悠真は深刻な表情で俯《うつむ》いている。

「さすがにこれだけ経ってもマナが上がらねーのはおかしいな」

「やっぱり、俺の体質の問題なんでしょうか？」

二人は頭を抱えた。神崎も前例がない事態に、どうしたものかと困っているようだ。

「そうだな。体質でマナが全然上がらねえなんて聞いたことねえが、絶対にないとも言い切れねえ。一回調べてみるか」

「調べるってどうするんですか？」

「俺の知り合いに〝マナ〟が人体にどんな影響を与えてんのか調べてる学者がいてな。ちょっと調べてもらえるか聞いてみるわ」

神崎は立ち上がり、自分のデスクに置いてあったスマホでどこかに電話をかけた。

悠真も立ち上がってポリポリと頭を掻きながら自分のデスクに戻る。予想外の事態だった。

ダンジョンの奥にいる少し強い魔物を倒していけば、順調にマナ指数が上がっていく。そう思っていた。だが現実にはまったく上がらないという。

もしこのまま上がらなければ、当然探索者《シーカー》にはなれない。会社もクビだろう。

ここを追い出されたら、悠真が就職できるダンジョン関連企業はない。

不安な気持ちのまま席に着くと、隣のデスクに座っていた田中《たなか》が声をかけてくる。

「大丈夫？　どうなったの？」

「なんか、マナが上がらない理由を調べることになって……どこかの学者さんに連絡を取ってるみたいです」

「ああ、あの人か」

田中は合点《がてん》がいったように笑みを漏らす。

「知ってるんですか？」

「うん、よく知ってるよ。探索依頼なんかもしてくれる学者さんでね。女の人だよ」

「へ～、そうなんですか」

どうやら、よく見知った人のようだ。どんな感じの人だろうと思っていると、田中がフフフと不気味に微笑《ほほえ》む。

「な、なんですか？」

「いや、悠真君。ちょっと、ちょっと……」

手招きする田中に、悠真は顔を近づけ耳を傾ける。

「その学者さん、社長の元カノなんだよ」

「ええ⁉」

突然聞かされた話に悠真は困惑する。

「なんでも大学時代の同級生らしくてね。二人の仲がいいんだか悪いんだか分からない会話を聞くと、ちょっとドキドキしちゃうんだ。あ、ここだけの話だよ！」

「は、はあ……」

神崎の元カノ話も驚きだが、それ以上に田中のゴシップ好きに驚いてしまう。まるで噂《うわさ》好きのおばちゃんみたいだ。

「おい、悠真《ゆうま》！　話がついたから、これから研究所に向かうぞ。今日はダンジョンの探索は中止だ」

「は、はい！」

神崎は自分のデスクにあった車のキーをポケットに入れる。

「田中さん、明日の遠征の準備を頼みます」

「分かりました」

「舞香！　昼までには戻って来る。ストックの切れた備品を買っといてくれ」

「はーい」

「じゃあ悠真、行くぞ」

「はい！」

二人は外に出て階段を下り、駐車場に停《と》めてあった厳《いか》ついジープに乗り込んで、件《くだん》の研究所へと向かった。

◇◇◇

東京都大田区。多くの町工場が集まる物作りの町。

だが後継者不足や海外との競争により、経営を断念する企業も少なくない。そんな町の一角に、悠真たちが目指す研究所があった。

車を敷地《しきち》に停め、車外に下りて建物を見上げる。

ペンキで書かれた社名は完全に剝がれ落ち、なんと書いてあったか読み取ることはできない。

トタンの外壁はサビてボロボロ。見た目は完全に工場、とても研究所といった外観ではない。

「ここが研究所なんですか？」

「研究所つっても、大学を追い出された〝はぐれ学者〟が使ってるだけなんだがな」

神崎は正面のシャッターを素通りし、左手にある扉を開ける。

中に入れば、金属と油の臭いが鼻をつく。薄暗いので足元に気をつけないと、転がっている工具などに躓《つまず》きそうだ。

神崎は慣れた様子で階段を上り、正面にある部屋のドアノブに手をかける。

室内に入ると、中は煌々《こうこう》と明かりが灯《とも》っていた。見れば部屋の奥に、白衣を着てパソコンに向かう黒髪の女性がいた。

「おい、連れてきたぞ！　調べてくれ」

神崎が鷹揚《おうよう》に話しかけると、背中を向けたままの女性は、「ちょっと待て」と粗暴に返した。

いつものことなのか、神崎は「チッ」と舌打ちして壁に背を預け、腕を組んで目を閉じる。どうやら待つつもりのようだ。

悠真も白衣の女性が作業を終えるのを待つしかなかった。

「社長、あの女の人、どんな学者さんなんですか？」

「うん？　ああ、昔から『黒のダンジョン』を研究してる変わり者の生物学者だ。頭はいいんだが、人と衝突することが多くてな。今じゃ正規の研究機関や大学からは相手にされなくなってんだ」

そんな人に任せて大丈夫だろうか？　と、悠真は心配になってきた。

しばらくすると「よしっ」と小さな声が聞こえてくる。白衣の女性は強めにパソコンのエンターキーを叩《たた》いたあと、ブラウザを閉じた。

立ち上がってこちらに振り返る。

黒のパンツに白いブラウス。その上から白衣を纏《まと》った長い黒髪の女性。四十代前半ぐらいだろうか。

端整な顔立ちだと悠真は思った。だが目の下にできた濃い隈《くま》が、せっかくの美貌を台無しにしている。

「待たせたな。その子か？　調べて欲しいのは」

「ああ、そうだ」

神崎《かんざき》はボリボリと頭を掻きながら、素っ気なく答える。見た感じ仲が良さそうには見えない。

女性は、なにかを考えるように顎に手を当てる。

「ふーん……マナが全然つかない体質ねえ。聞いたことはないが、まあいい、調べてあげよう。こっちにおいで」

神崎を見るとコクリと頷《うなず》く。悠真は女性の元まで歩いていった。

すると女性は悠真の顔を覗《のぞ》き込み、ニヤリと笑う。

「名前は？」

「あ、はい……三鷹《みたか》……悠真です」

「そうか、では三鷹。私はアイシャ・如月《きさらぎ》だ。今から色々と調べるが、心配することはな

い。君の体に異常があれば、すぐに見つけてあげる。私は優秀だからね」

アイシャはそう言って、ふふふと微笑んだ。

悠真は「は……はい」と答えるのが精一杯だった。本当に変わった人みたいだ。

不安になる悠真をよそに、アイシャは社長に視線を向ける。

「鋼太郎《こうたろう》！　これは貸しだからな。前の貸しと合わせて、必ず返してもらうよ」

神崎は「分かってるよ」と言って仏頂面《ぶっちょうづら》になる。

「ついておいで」

「は、はい」

アイシャと共に部屋を出て、隣の部屋に入る。そこには様々な機器や、薬のような物が棚に並んでいた。

「まずは体に異常がないか調べる。そこに座って」

「はい」

丸椅子に座り、辺りを見回す。アイシャは何かを持ってきて手前の椅子に座った。

「血液検査をするから、腕を出して。採血する」

「はい……」

アイシャは悠真の腕を軽く消毒すると、血管の場所を確認する。針先のキャップを外し、刺入部位《しにゅうぶい》に針を刺し込んでからホルダーに真空採血管を装着した。

しかし悠真はここで疑問を持つ。この人は生物学者と聞いていたが、医者でもあるんだろうか？

「あ、あの……血液採取って医者か看護師しかできないんですよね？　アイシャさんは、そういう資格を持ってるんですか？」

「おお～、よくそんな細かいことを知っているね。安心して、科学の発展のためにやってるんだ。法律など些末《さまつ》なものをいちいち気にする必要はない」

――は⁉　一瞬、なにを言っているのか分からなかったが、要するに必要な資格は持ってないってことか？

悠真はニコニコしながら採血するアイシャを、ただ見ているしかなかった。

その後も血圧、心電図、身長や体重、尿検査など。人間ドックか？　と思うような検査が続いた。

最後に連れてこられた部屋に、悠真は目を丸くする。

「これは……」

そこには大掛かりな機械装置があった。かまくら型の装置に導線やダクトパイプが幾重にも繋《つな》がっている。

機械部分が全て剝《む》き出しで、とても正規品には見えない。

アイシャが装置とケーブルで接続されているパソコンを操作すると、正面のハッチが上に向かって開く。中には人一人が座れる椅子があった。

「そこの椅子に座って」

「こ、これ、なんですか？」

悠真が恐る恐る聞くと、アイシャは「フンッ」と鼻を鳴らす。

「私が作った〝マナ指数測定器〟さ。そんじょそこらの物とは精度が違う。０・０００１単位で指数が出るし、細かい電磁波の違いも測れるからね。君のマナが上がらない理由も分かるかもしれないよ」

「は、はあ……」

悠真は装置に目を移す。確かに『青のダンジョン』にあったマナ測定装置と雰囲気は似ているが……。

これは一個人が作った物だ。本当に入っていいのか不安になる。

「これ……大丈夫なんですか？　なんか怖いんですけど」

「大丈夫だよ。天才の私が作ったんだから。まだ試作品だけど、それでも今あるマナ測定器の中では、もっとも安全で高性能。特許出願中の代物だ。安心して入ってくれたまえ」

悠真は後ろからついて来た神崎に視線を送る。その視線に気づいた神崎は親指を立て「まあ、がんばれ」といった表情で悠真を見る。

――絶対、無責任に考えてる！

嫌な予感はしたが断る訳にもいかず、悠真は渋々装置の中へと入った。

シュウウウと不穏な音を立てながら、ハッチが閉まる。外から「じっとしてるんだよ」とアイシャの声が聞こえてきた。

ドキドキしながら座っていると、ウィイイイイや、ドドドドドッなど、恐怖を煽《あお》るような音が鼓膜の奥まで響いてくる。

光が点滅し、アラームのような音までする。

冷や汗が額《ひたい》に滲《にじ》む。五分ほどで光や音が収まり、完全に装置が停止すると自動的にハッチが開いた。

「よーし！　出てきていいよ」

外に出て、悠真はホッと息をつく。

「その装置の結果はいつ出るんだ？」

神崎が尋ねると、アイシャはおどけたように首を振る。

「まだ試作品だからね、すぐには出ない。他の検査結果と一緒にメールで送るよ。それでいいだろ？」

「ああ、悠真《ゆうま》のマナが上がらない理由さえ分かればそれでいい」

神崎がドアを開け帰ろうとした時、アイシャはついでとばかりに声をかけた。

「ああ、それと次の探索のスケジュールもすぐに出る。それも一緒に送るからな」

神崎は「分かったよ」と言って、そのまま部屋を出た。悠真もアイシャにお礼を言って頭を下げ、社長のあとをついていった。

◇◇◇

「いや～、それにしても変わった人でしたね」

車に乗り込んだ悠真が零《こぼ》す。

「まあな。長い付き合いだが、確かに変人と呼んでもおかしくないヤツだ」

神崎が言うなら相当だろう。と悠真は心の中で笑ってしまう。

「とは言え生物学者としての能力は確かだ。任せておけば大丈夫だろう」

「はい」

――アイシャさんのことを信用しているようだ。なるほど、仲がいいのか悪いのか分からないと言った田中《たなか》の気持ちがよく分かる。

「明日から茨城にある『赤のダンジョン』に行く予定なんだ。悠真、お前も一緒に来い」

「え⁉　いいんですか？」

「ああ、本当は〝水の魔法〟を使えるようになってから連れて行こうと思ってたが……今は調べてる最中だしな」

「足手まといじゃないですか？」

「はっはっは、俺も田中さんもアマチュアじゃないんだ。一人ぐらい見学者がいてもどーってことねーよ。それに深層まで行く訳じゃねーしな」

「分かりました。勉強させてもらいます！」

「おう！」

神崎はエンジンをかけ、ミラーを確認しながらバックで車を出す。狭い路地に車体を出すと、そのままアクセルを踏んで研究所をあとにした。

◇◇◇

翌日の朝。悠真は神崎のジープに乗り込んで一路、茨城の『赤のダンジョン』へと向かっていた。

助手席には舞香《まいか》、後部座席には悠真と田中というＤ－マイナー全員での出陣だ。

常盤《じょうばん》自動車道を北上し、つくば市に入る。目的のダンジョンがある石岡《いしおか》市まではもうすぐだ。

「悠真君、今日はお弁当作ってきたからね。お昼は楽しみにしててよ」

助手席に座る舞香が振り返り、明るく話しかけてきた。

「はい、ありがとうございます！　舞香さんもダンジョンに入るんですか？」

「うん、まあ私も一応探索者《シーカー》だしね。深くまでは潜れないけど、浅い層までなら何とかサポートできるよ」

ハンドルを握る神崎も話に入ってくる。

「舞香は水魔法が使えるからな。今の悠真よりはよっぽど戦力になる。今日は悠真の護衛役として来てもらってんだ」

「ええ⁉　俺の護衛ですか？」

男としては、なかなかきつい話だ。

「もう大袈裟《おおげさ》だよ。社長と田中さんのサポートでダンジョンに入ることはよくあるから、なにも今日が特別って訳じゃないよ」

笑顔で否定する舞香だが、悠真が魔法が使えず役に立たないのは事実だ。いざとなれば【金属化】で自分の身ぐらいは守れるが、人前で使う訳にもいかない。

そんなことを言っている間に、目的地が遠目に見えてきた。

「あれが……」

それは、のどかな田園風景の中に突如として現れた。

中心に白いドーム。それを取り囲むように様々な施設があり、宿泊用のホテルやマンションまであった。

一平方キロメートルはある白い街並みは、さながらコンパクトシティのようだ。

「あそこが『赤のダンジョン』だ。周りにある建物は探索者《シーカー》専用の宿泊施設や、研究者が使うラボだな」

神崎《かんざき》がタバコを咥《くわ》えながら教えてくれる。舞香から「車内で吸うな！」と言われているため火をつけず、恨みがましく口に咥えていた。

「じゃあ、あれはダンジョン攻略のために造られた〝探索者《シーカー》の街〟ってことですか？」

「ああ、そうだ。日本で一番深いダンジョンだからな。準備するのにも相当な時間と労力がかかる。それを少しでも減らすために、宿泊施設や買い物ができる店ができたってことだ」

「へ～、凄《すご》いですね」

街の入口にはゲートが設置されており、神崎が警備員に入館証を見せると門を開けてくれた。中に入り、専用の駐車場に車を停める。

企業ごとに停める場所も細かく決まっているようだ。

車から降りて、トランクから荷物を取り出す。

「俺たちD－マイナーが借りてるのは、あの04棟ビルの三階の部屋だ。そこまで荷物を運ぶぞ」

「はい！」

けっこうな量の荷物を手分けして運ぶ。部屋に着くころには息が上がっていた。

「ここが、俺たちが使う部屋ですか……」

そこはワンルームマンションのような場所。少し広めの間取りで、家具は白で統一されていた。持ってきた荷物をリビングに置いて、窓から外を眺める。

「人がたくさんいますね。みんな企業の人ですか？」

「ああ、ここにはダンジョン関連企業の人間か、役所の人間しかいないからな。ほとんど同業のヤツらだろう」

神崎も窓から下を覗《のぞ》き、白いドームを行き交う人々を見やる。悠真と神崎が外に視線を向けている間に、舞香は持ってきたバスケットをリビングテーブルに並べていた。

「ちょっと早いけどお昼にしようか。みんな手を洗ってきて！」

「おお！　悠真、午後からダンジョンに入るからな。食えるだけ食っとけよ！」

「はい！」

悠真と神崎は手を洗い、すぐに席に着いた。

「田中さんも来てー！」

「は――――い」

荷物を棚に片付けていた田中が、舞香に呼ばれ汗を拭きながらやって来る。全員が席に着くと、舞香は三つ並んだバスケットの蓋を開けていく。

「おおお！　うまそう!!」

悠真が思わず叫ぶ。バスケットの中には色とりどりのおかずが並んでいた。

ハムや卵が挟まれたサンドイッチに、サラダやフルーツ。おにぎりもあれば、ウインナーに卵焼き、唐揚げなど。

定番のおかずに、悠真は涎《よだれ》を垂らしそうになる。

――舞香さん、意外に家庭的なんだな。こんなおいしそうな料理が作れるなんて。

悠真は感心しつつ、みんなと一緒に手を合わせる。

「「いただきまーす！」」

箸を手にし、悠真は自分の皿におかずを取りまくった。神崎も負けじとおかずを取り、二人で料理をバクバクとかき込む。

一番食べそうな田中は、チマチマと少量を皿に運んでいた。

意外に見掛け倒しの小太りなんだな。と悠真は心の中でつぶやく。

舞香のおいしい手作り弁当を堪能《たんのう》し、悠真は大満足で昼食を終えた。食べ過ぎて膨らんだお腹《なか》をさすってゲップをする。

こんなにアットホームな感じで食卓を囲むとは思っていなかった。

「今日から三日間、ここを拠点にダンジョンに潜る。悠真、着替えとかはちゃんと持ってきただろ？」

「はい、それは大丈夫です。でも、滞在中の食事とかはどうするんですか？　毎回、舞香さんが作るんですか？」

悠真が見ると、舞香は顔をしかめてフルフルと首を振る。

「さすがに毎回は作ってられないよ。ここには探索者《シーカー》が利用する飲食店も多くあるから、そこを利用するの。今日はなるべく食費を節約したいからお弁当を作ってきたんだよ」

「そうなんですか」

本当に探索者《シーカー》に取って至れり尽くせりの街なんだな。と悠真が感心していると、爪楊枝《つまようじ》でシーシーと歯の汚れを取っていた神崎が立ち上がる。

「じゃあ、そろそろ行くか。十層まで下りて、夕方には戻って来たいからな」

悠真たちは必要な荷物を持ち、部屋を出てドーム型の施設に向かった。

◇◇◇

白いドームの間近まで迫ると、悠真はその迫力に圧倒される。

高さ二十メートル以上はあろう外壁。東京ドームとまではいかないが、それに近い大きさだ。

入口は鉄のゲートで閉ざされ、物々しい警備が目立つ。

『青のダンジョン』とは大違いだ。

「ずいぶん厳重な警備なんですね」

悠真が聞くと、警備員に入館証を見せていた神崎が「まあな」と答えた。

頑丈そうな扉が左右に開き、悠真たち四人は中へと入る。

「ここは日本で一番深いダンジョンだし、火属性の魔物がいる。万が一にも深層の魔物が外に出ないように警備を固めてるんだ」

「でも、魔物が外に出ることなんてないんですよね？」

「ああ、それはない。だがこの街が建設されてた頃は、ダンジョン研究がまだ進んでなくてな。政府は突然出てきた未知の生物に慌てて、こんな大層なもん造っちまったんだよ」

神崎の説明に悠真は納得する。確かにダンジョンなんてものが突然現れたら、誰でも困惑するだろう。

今四人が歩いているのは、広いエントランスホールのような場所。

体格の良い探索者《シーカー》と思われる人たちや、背広を着たビジネスマンのような人たちが、あちらこちらで立ち話をしている。

「まーこの建物自体が魔物を閉じ込めておく〝檻《おり》〟みたいなもんだ。役に立つ立たないは別にして、周辺住民の安心に繋《つな》がってんのは間違いない」

神崎とそんな話をしていると、向こうから白と灰色のユニフォームを着た集団がやって来る。

一瞬、特撮に出てくる隊員のように見えてしまった。

「おお、神崎じゃないか！」

神崎が「うん？」と片眉を上げて立ち止まる。声をかけたのは集団の先頭にいるガタイのいい男。

胸元には『エルシード』のロゴマークが入っている。

「なんだ、石川《いしかわ》か」

「なんだとはご挨拶だな。明日の討伐依頼でここに来たんだろ？」

神崎に石川と呼ばれた男は、親しげな笑顔で話しかけてきた。

「まあな。その前に一仕事しようと思ってな。これから全員でダンジョンに入るんだよ」

「その若いのは初めて見るな。新入社員か？」

「そうだ。うちの期待のルーキーよ。今日は見学がてら連れて来たんだ」

「はっはっは、良かったな。なかなか入社希望者がいないって嘆いてたじゃないか。殊勝な若者がいたもんだ」

「うるせーよ！　お前の所にも見込みのある新人が入って来たんだろ⁉　テレビでやってたぞ。天王寺《てんのうじ》以来の騒ぎようじゃねーか！」

それを聞いた石川は、フッと微笑《ほほえ》み目を細めた。

「ああ、確かに。あの子なら次世代のエースに育ってくれる。そんな予感がするよ」

「ふん！　エルシードの鬼教官がそう言うなら相当だな。まあ、俺たちには関係ないが」

神崎は不機嫌そうに吐き捨てる。

「そうだな。すまなかった引き留めて。最後に君の名前を聞いていいかな？」

石川は悠真《ゆうま》に視線を向ける。突然聞かれたため、悠真は一瞬言葉に詰まった。

「あ、え～と……俺は三鷹《みたか》……悠真です」

「そうか、三鷹君か。そこにいる神崎は、口は悪いが探索者《シーカー》としては優秀な男だ。根気強く支えてやってくれ」

「あ、はい、分かりました」

意外にいい人のようだ。二人は仲がいいんだろうか？　神崎は「余計なお世話だ！」と息巻いているが、石川は笑って流している。

「舞香《まいか》ちゃん、会社が嫌になったらいつでも言いなよ、俺が次の就職先を紹介するから。君ぐらい仕事ができて人付き合いがいい子なら、どこでも働けるよ」

「はい、ありがとうございます。石川さん」

神崎は青筋を立て「うるせえぞ！　とっとと行きやがれ‼」と石川に怒鳴っていたが、石川は「はっはっは」と豪快に笑っているだけだ。

最後は「じゃあな」と言い残し、仲間を引き連れ去っていった。

「舞香さん、あの人知り合いなんですか？」

悠真が聞くと、舞香は悪戯《いたずら》っぽく笑う。

「まあね、昔は探索者《シーカー》をやる人なんて少なかったから。初期の頃から仕事をしてる人は知り合いが多いんだよ」

「なるほど」

「おい！　さっさと行くぞ‼」

舞香と話していると、機嫌の悪くなった神崎《かんざき》が怒鳴ってきた。青筋を立て、かなり怒っているようだ。

舞香は「はいはい」と神崎のあとについていき、横にいる田中《たなか》は「いつものことだよ」と苦笑していた。

◇◇◇

「ここが赤のダンジョンの入口……」

悠真たち四人の前に、深淵《しんえん》の穴がポッカリと口を開けている。

青のダンジョンのものより格段に大きく、穴を覗けば石階段が下まで続いていた。穴の中からは心なしか、熱気が立ち昇っている気がする。

今いるのはドーム状の部屋で、周りには迷彩服を着た自衛隊員が数名警備にあたっており、物々しい雰囲気を漂わせていた。

親子連れなどがいた青のダンジョンとは大違いだ。悠真は思わず息を呑む。

「なんだ悠真、緊張してんのか？」

隣に立った神崎が聞いてきた。

「いや……青のダンジョンと全然違うなと思って……」

「中に入っちまえば変わらねえよ。一緒、一緒。ほら行くぞ！」

神崎はそそくさと階段を下りていった。そのあとを舞香と田中がついて行く。

悠真も「ふぅ～」と一つ息を吐き、石の階段を下って行った。

◇◇◇

赤のダンジョン、第一層。

階段の先は横穴の洞窟となり、その洞窟を抜けると溢《あふ》れんばかりの光が目に飛び込んできた。

眩《まぶ》しくて手でひさしを作った悠真は、目の前の光景に思わず感嘆する。

「ほえ～……これが『赤のダンジョン』！」

辺りを見回せば、どこまでも続くクリムゾンの大地。青空が広がり、カンカンと照りつける日差しが肌を焼く。

「テレビで見た通りだ。これがダンジョンの幻なんですね」

「そうだ。実際には百メートルも行けば岩壁にぶち当たるが、そこまで行かないと幻だと気づかない」

深層のダンジョンのみに起こるという〝迷宮の蜃気楼《しんきろう》〟。

その現実と見紛《みまが》う幻の原理も、なんのために起こるのかも一切解明されていない。

「まあ、なんにせよダンジョンの中が昼間みてーに明るいのはありがたい話だ。仕事がしやすいからな」

神崎はあっけらかんと言い、肩から落ちそうになっている大きなバッグを担《かつ》ぎ直す。

「一層に用は無い。さっさと目的の十層まで行くぞ！」

四人は灼熱《しゃくねつ》の大地を歩き、下層を目指した。体感温度は40℃を超えているような気がする。

これも幻なのかと思ったが、どうやら本当に暑いようだ。しばらく歩くとゴツゴツした岩場に洞窟があった。

中を覗《のぞ》くと今回は階段などは無く、足場の悪い下り坂がどこまでも続いていた。

その洞窟を下りて二層に着くと、すぐさま次の階層へ向かうための洞窟を目指す。階によって場所がまちまちのため、かなりの時間と労力をかけて移動しなければならない。

ちらほらと同業者の姿も見える。だが、ほとんどの探索者《シーカー》はもっと下の階層に行っているようで、浅い階層には何かを調べている自衛隊が目立つ。

さらにダンジョンを歩いていると、火を吐く小さな蜥蜴《とかげ》や、甲羅が発熱している亀など、火属性の魔物に次々遭遇する。

しかし全て無視して素通りした。そうして辿《たど》り着《つ》いた目的の十層。

一層と代わり映えしないクリムゾンの大地が広がっている。

「うっし、始めるか！」

神崎は担いでいた大きなバッグを地面に置き、中から分解した武器を取り出す。

舞香や田中もバッグからそれぞれ武器を取り出していく。田中はいつも使っている短剣を腰に装備した。そしてスポーツ用眼鏡を掛け、首にタオルを巻く。

まだ何もしてないのに、すでに汗だくだ。

舞香は三つに分けられた棒を繋ぎ合わせ、長い棍棒《こんぼう》にしていく。どうやらあれが舞香の得物らしい。

神崎も同じように棒を繋いでいたが、それは太い六角棍《こん》で通常の棍棒とは明らかに異なる物だった。

「凄《すご》い頑丈そうな武器ですね」

「おう、知り合いに作ってもらった特注品よ。大雑把な作りだが俺は気に入ってる」

神崎はバッグから、さらに一本の短剣を取り出す。いつも田中が使っている物と同じ、魔法付与武装のようだ。

神崎が短剣の柄《つか》を握りぐっと力を込めると、剣全体に青く細い光が無数に伸びていく。まるで剣に血液が流れていくようだ。

しばらくして光が収まると、神崎はその短剣を悠真の前に差し出した。

「ほい、水の魔力を込めておいた。護身用に持っておけ」

「え!?　魔力を入れてくれたんですか?」

魔力は有限であるため、ダンジョン内で魔法を使えばその分魔力は減ってしまう。

「いいんですか?　俺なんかのために魔力を使っちゃって……」

「これぐらい大したことねーよ。魔力は溜《た》めておくことができねーから明日には無くなっちまうが、今日一日ぐらいなら二、三回は使えるはずだ。万が一強い魔物に襲われたら、それで突き刺せ」

「は、はい!」

悠真は短剣の鞘《さや》を自分のベルトにしっかりと固定した。そんなに強い魔物が出てくるとは思えないが、用心するに越したことはない。

「――で、いつものヤツは持ってきてるな?」

「はい、ここに……」

悠真は担いでいるバッグを下ろし、中に入っている物を取り出す。

細い三つの棒だが、棍棒ではない。組み立てれば悠真が愛用している〝ピッケル〟になった。

「この十層、奥に行けばサラマンダーって魔物もいるが、それ以外はそんなに強くねぇ。その武器でも充分倒せるはずだ」

神崎は太くて長い六角棍を肩に乗せ、歩きながらキョロキョロと辺りを見回す。

「お！　いたいた、こいつだ！」

神崎の視線の先、地面が少し盛り上がっている場所があった。神崎は「よっ」と声を上げ、六角棍を振り上げると、そのまま地面に叩《たた》きつける。

悠真が驚いていると、盛り上がった地面からなにかが飛び出してきた。

「え⁉　なんだ？」

それは体長二十センチほどの小さな生き物。長いヒゲを生やし、目は退化したのかとても小さい。これは――

「火モグラだ。弱い火を吐くこともあるが、大した魔物じゃねぇ」

神崎は棍を軽く振り、火モグラを打ち据える。「ふぎぃ！」という短い悲鳴と共に小さな魔物は、パンッと弾《はじ》けて砂になった。

神崎はふぅと息を吐き、悠真の方へと向き直る。

「まあ、こんなもんだ。いいか悠真、俺たちはプロの探索者《シーカー》だ。ただ魔物を狩ればいいって訳じゃねえ。効率的に魔宝石を手に入れるために、倒す魔物を選ばなきゃいけねぇんだ。要するに金になる討伐をするってことだ」

それはそうだろうと悠真《ゆうま》も納得して頷《うなず》く。

「十層で一番効率がいいのがこの火モグラだ。リスクも低いし、比較的倒しやすい。固まって生息してるから見つけるのも容易だ。なによりドロップ率がやや高いからな。悠真、お前にはコイツを狩ってもらう」

「はい！　分かりました」

「そんな肩肘張らなくてもいいぞ。舞香に教えてもらいながらやればいい」

舞香を見れば、任せなさい、といった様子で笑っていた。

「俺と田中さんは、もっと下層に行って魔宝石を取ってくる。その間、二人はここで火モグラを狩っててくれ」

「はーい、任せて社長！」

「頑張ります！」

舞香と悠真が元気に答えると、神崎は田中と共に下層へと向かった。

「よーし、じゃあ始めよっか」

舞香はそう言うと、神崎と同じように歩いて辺りを見回す。いくつかのモグラ塚を見つけて悠真に指し示した。

「このモグラ塚の近くに火モグラはいると思うから、当たりをつけて地面を叩いて。驚いて飛び出してきた所をやっつけるの」

「あ、はい」

「ちょっと私もやってみるね。社長みたいにできるか分からないけど……」

舞香《まいか》は棍棒でパンッと地面を叩いた。火モグラが驚いて顔を出すと、棍棒の先を使って器用にはね上げる。

空中に飛んでいった火モグラに狙いをつけ、舞香は棍棒を握りしめた。

その瞬間、握った棍棒の柄がわずかに光を帯びる。――水魔法。

青く細い光は棍棒全体へと流れていく。

舞香が軽く振った棍棒が当たると、火モグラはパンッと弾け砂となり、サラサラと舞い散って消えてしまった。

「ね！　簡単でしょ」

明るく微笑《ほほえ》む舞香。あまりの鮮やかさに、悠真は呆気《あっけ》に取られてしまった。

「じゃあ悠真君、この辺りを探してみて」

「は、はい」

舞香の指示に従い、地面にあるモグラ塚を見て回る。火モグラがいれば、地面が微《かす》かに動くというが……。

「あ！」

ほんのわずかにモグラ塚の横の土が動いた。握りしめたピッケルを振り上げ、思いっきり地面に叩きつける。

――どうだ⁉

モグラはぴょこんと地面から顔を出した。

よし、これで上にはね上げて、と思った瞬間、モグラは穴の中へ引っ込んでしまう。

「ああ⁉」

慌てて穴の周りを叩いたり地面を掘り返したが、完全に逃げられてしまった。

「ああ～残念だったね。でも最初はそんなもんだよ。次、次！」

舞香に励まされ、悠真はもう一度火モグラを探し始める。だが見つけることはできても、うまく倒すことができず何度も逃げられてしまう。

「くそっ！　あとちょっとなのに‼」

悠真は火モグラが入っていった穴を掘り返し、悔しがる。

――液体金属化の能力が使えれば、穴の中に入ってボコボコにしてやるんだが……そんなこと舞香さんの前でやる訳にはいかないし。

唇を噛《か》んで悔しがっていると、穴から火モグラがひょっこりと顔を出す。

あれ、なんだ？　と思った瞬間、火モグラはピョンッと飛び跳ね悠真の顔に向かって火を噴いた。

突然のことに悠真は「うわっ⁉」と叫んで大きく仰《の》け反《ぞ》る。

「ちょっ！　悠真君⁉」

舞香が慌てて駆け寄ってくる。顔に火を噴きかけられたため、悠真は尻もちをついて両手で顔を覆っていた。

「いっ……つ……」

顔に軽い火傷《やけど》を負ったようだ。〝火耐性〟の能力は【金属化】していないと効力を発揮しない。生身で攻撃を受ければ普通にダメージが通ってしまう。

「大丈夫⁉　火モグラの火は弱いけど、火傷することもあるから……」

駆けつけて来た舞香が「ちょっと見せて」と言い、顔を覗き込んできた。

急に顔が近づいたので、悠真はドギマギして赤くなる。

「待ってて、火傷用に持ってきてるものがあるから」

舞香は自分のバッグをまさぐり、中から小さな冷却スプレーを取り出す。

「じっとして！」

「は、はい」

プシューと吹きかけられた冷気が顔を撫《な》で、赤らんだ頬を冷やしていく。

「うん、火傷の痕は……残ってないみたいだね。良かった～」

「あ、ありがとうございます」

悠真は立ち上がり、パンパンと服の土ぼこりを払う。さっきの火モグラはまた逃げてしまったようだ。

せっかく来たんだから数匹は倒さないと。そう思った悠真は一旦ダンジョンから出ようか？と聞いてきた舞香の提案を断り、精力的に火モグラを探し始めた。

◇◇◇

五時間ほど粘り、なんとか三匹の火モグラを倒した悠真だが〝魔宝石〟は一つもドロップしなかった。

その間に舞香は十二匹の火モグラを倒し、二つの魔宝石を手に入れていた。

「うん、ガーネットの０・４カラットと０・５カラットくらいかな。二つで一万八千円ぐらいだと思う」

「すごいですね……」

「悠真君も三匹倒せたじゃない！　火モグラは10％くらいの確率でドロップするから、明日は十匹倒すことを目標にしようよ」

「分かりました！」

そんな会話をしている間に、神崎《かんざき》たちが戻ってきた。

十五階層で魔物を倒していたらしい。二人ともケロッとした顔をしていたが、魔宝石のレッドスピネルを十個以上取ってきていた。

魔宝石が入ったケースを見せてもらうと、悠真は「へえ～」と感嘆の声を漏らす。

「まあ、これで七十万ぐらいにはなるか。取りあえず今日はこれぐらいにしよう。明日は別件で、もっと深く潜らなきゃいけねえからな」

悠真は一日でこんなに取れるのかと驚きつつ、プロの探索者《シーカー》の凄《すご》さを思い知る。

この日の仕事はこれで終わり、全員で宿泊先へ戻ることになった。

◇◇◇

「つまりな、才能の問題もある訳よ」

夜――04棟の宿泊部屋に戻った四人はデリバリーを頼み、夕食を囲んでいた。

悠真は神崎や田中《たなか》が話してくれる探索者《シーカー》談議に耳を傾ける。

「最初のうちはな、同じ魔物を倒せば同じようにマナ指数が上がってくんだ。ところが、一定の水準に達すると順調に上がっていくヤツと、頭打ちになるヤツが現れる。なんでそうなるか分からねえが、そうなっちまうもんは仕方ねぇ！」

「それが〝マナの壁〟ってヤツですか？」

熱弁する神崎に悠真が尋ねる。

ダンジョンに関する本を読んでいた時、目にしたことのあるワード。一流の探索者《シーカー》になるためには、この〝マナの壁〟を突破する必要がある。

そのためには先天的な才能が必要だと本には書いてあった。

「まあ、そういうこった。人によってそれぞれ違いがあってな。マナ指数1000の壁もあれば、2000の壁もある。その上に3000、4000と。俺は1000の壁は越えることができたが、それ以降はなかなか伸びねぇ。キャリアを考えればもっと高くてもいいんだがな」

神崎が恨みがましく言うと、それを聞いていた田中は「僕なんて1000の壁も越えられませんでしたよ」と苦笑いしながら嘆いていた。

「おい、舞香！　ビール持って来てくれ、一本ぐらいならいいだろ⁉」

「ダメよ！　お父さん、そう言っていつも深酒するじゃない！　飲み出したら止まらなくなって次の日の昼まで寝てるんだから、明日の仕事が終わるまで一滴も飲んじゃダメだからね‼」

「なんだよ、鬼のような娘だな」

神崎はぐぬぬぬと言いながら、苦虫を噛み潰したような顔をしていた。結局、舞香に押し切られ、神崎は飲酒を諦める。

「悠真！　お前はマナが上がりにくいって悩んでるみてーだがな、逆に大器晩成型かもしれんぞ。いずれは『炎帝アルベルト』や『雷獣・天王寺』のような二つ名のある探索者《シーカー》になれ！　期待してるからな」

ガハハハと豪快に笑う神崎だが、悠真は自分の〝マナの壁〟が1以下だったらどうしようと、強い不安に襲われる。

夕食を終えると、その日は就寝することになった。

そして翌日――この日からは大企業、『エルシード』に依頼された仕事を熟《こな》すことになるのだが、悠真はその詳細を知らされていなかった。

「二十階層近くまで下りるんですか？」

宿泊部屋で準備を整える田中に悠真《ゆうま》が尋ねる。

「うん、そうなんだ。今回は〝特殊な魔物〟の討伐依頼でね。エルシードの社員と合同で捜索することになってるんだ」

「特殊って、どんな魔物なんですか？」

「大きなサラマンダーって聞いてるけど、詳しいことはこれから説明を受ける予定だよ」

田中は肘サポーターを巻きながら明るく答えてくれる。

「おい、悠真。お前もこれをつけろ」

「あ、はい」

神崎が持ってきたのは工事現場用のヘルメットと、肘と膝のサポーター。そして古びた安全靴だった。

悠真はそれらを全て身に付け、靴のつま先をトントンと地面で叩《たた》く。

「舞香さんも行くんですよね」

神崎は腕や脛《すね》に黒いプロテクターをつけながら、「いや」と否定する。

「舞香は留守番だ。今回の依頼はけっこう危ないからな」

「ええ!? じゃあ俺が行くのヤバいんじゃないですか！」

自分で言うのもなんだが、探索者《シーカー》としては舞香の方が遥《はる》かに上だ。その舞香で危ないというのなら、行くこと自体怖すぎる。

「舞香《まいか》とお前の二人を守るのが難しいって話だ。心配はいらん。俺と田中さんがサポートするからよ」

「それならいいですけど……」

「舞香は、もっと深い階層に入ったことがあるからな。今回は悠真、お前に経験を積ませるために連れて行くんだ。しっかり勉強しろよ」

「わ、分かりました」

全ての準備が終わり、三人で部屋を出ると、廊下で舞香が待っていた。

「はい、これ。飲み物と非常食。それと救急箱も入ってるから」

舞香が持ってきたバッグを渡され、田中は「ああ、ありがとう」とお礼を言い、神崎は「おう」と言ってバッグを背中に担《かつ》ぐ。

「悠真君にむちゃさせないでね。会社に入ったばっかりで経験もないんだから」

「分かってるよ！」

神崎は少しむくれた顔で先に行く。

田中も「じゃあ、行ってきます」とあとに続いた。舞香はふぅと嘆息し、最後に残った悠真を見る。

「悠真君、ごめんね。社長はいつもあと先考えない人なんだけど、新人にいきなりこんな仕事させるなんて」

「いえ、重要な仕事に連れてってもらえるんで、俺は嬉《うれ》しいです」

「そう？　それならいいんだけど……もし困ったことがあったら、社長じゃなく田中さんを頼ってね。常に冷静で頼りになる人だから」

「分かりました。じゃあ行ってきます」

「うん、行ってらっしゃい」

悠真は舞香に一礼し、小走りで神崎たちのあとを追った。

◇◇◇

「これからどこに行くんですか？　すぐダンジョンに潜るんですかね」

ビルを出て公道を歩く神崎に、悠真が尋ねる。

「いや、ダンジョンに入る前に詳しい説明があるはずだ。参加する企業も多いしな」

「え？　エルシードとＤ－マイナーだけじゃないんですか？」

「バカ！　こんなだだっ広いダンジョンで魔物を探すんだぞ。少ない人数でやってたら、何日かかるか分からねえ。それに探してるヤツは階層を移動してるらしいからな」

「魔物って階層を移動できるんですか？　ずっと同じ所にいると思ってましたけど」

神崎はやれやれといった表情で首を振る。

「そいつはデカイ魔物だけだ。階層の出入口を通れるサイズの魔物なら、普通に移動できる。もっとも極端に違う階層には行かねえみてーだが」

「へ～」

神崎の話を聞きながら歩いていると、すぐ脇を白いリムジンが通りすぎていく。排ガスと土埃《つちぼこり》が舞い上がり、悠真はゴホゴホと咳込《せきこ》んで顔をしかめた。

車は百メートルほど先にあるドームの前で停まり、後部座席から数人の男が降りてきた。青と白。ツートーンカラーのプロテクターを身に付け、その上から白いロングコートを羽織っている。

探索者《シーカー》なのは分かるが、どこか異質な感じもする。

「誰ですか、あの人たち。俺たちと同じ討伐依頼を受けた会社ですかね？」

悠真が聞くと、神崎は「そうみてーだな」と不機嫌そうに答える。

なにか変なことでも聞いたかな？　と不安に感じていると、入口の前に立った男たちが数人の男女に囲まれ、なにかを聞かれていた。

「あれ……なにしてるんですか？」

悠真の疑問に田中が口を開く。

「あの人たちはアイザス社の人間だよ。去年、探索者《シーカー》になったばかりの新人なんだけど、今すごく注目されてるんだ」

「へ～そうなんですか」

田中の話を聞いて悠真は俄然《がぜん》、興味を持った。手でひさしを作り、三人の男たちを観察しようと目を凝らす。

よく見れば、なにかの取材を受けてるようだ。三人の周りにいる人たちは、一眼レフカメラやICレコーダーを向けていた。新聞か雑誌の記者だろうか。

「でも、どうしてそんなに注目されてるんです？　探索者《シーカー》としてめちゃくちゃ優秀なんですか？」

「まあ、それもあるけどね。あの三人は有名人の息子さんなんだ」

「え？　有名人!?　誰ですか？」

悠真は興味津々《きょうみしんしん》で田中に尋ねる。

「うん、例えば……あそこに金髪の子がいるでしょ」

「あ、はい。あの右側の」

三人の右端に立っている男性は、金髪のマッシュルームカットでかなり目立っていた。

「あれがイケメン俳優で有名な『菅原純也《すがわらじゅんや》』の息子、『菅原智明《ちあき》』だよ」

「えええええ!?　菅原純也って、今期の日9ドラマに出てる俳優さんですよね。俺、毎週見てますよ」

「そうなんだ。まあ、僕も見てるけど。で、あの白いコートを着てる短髪の子が、元プロ野球選手『矢作賢哉《やはぎけんや》』の息子、『矢作大輔《だいすけ》』だよ」

「マジっすか!?　元侍ジャパンの選手じゃないですか！　現役時代の活躍は、もちろん知ってますよ！」

「ははは、詳しいね。それで最後が一番背の高い黒髪の人。今の官房長官『高橋総一郎《たかはしそういちろう》』の息子、『高橋太輔《たすけ》』だよ」

「……あ、そっち方面はちょっと分からないです」

「いやいや、少しは政治に興味持とうよ」と、田中は呆《あき》れた顔をする。

そんな話を隣で聞いていた神崎《かんざき》は、腹立たしそうに鼻を鳴らした。

「まあ、ボンボンってだけなら可愛《かわい》げもあるが、あの三人は去年のＳＴＩ卒業生の中ではトップクラスの成績だったらしいからな。嫌でも名前は聞こえてくる」

「ＳＴＩの卒業生なんですか!?　じゃあ、俺の先輩になるんですね」

「先輩っても、お前、STIを卒業してねーだろ」

「あ、まあ……そうですけど」

悠真はちょっと恥ずかしくなり口籠る。そんな悠真を見て、田中《たなか》が朗らかに笑う。

「高橋君に至ってはマナ指数2200もあるからね。ルーキーとして注目されるのは当然だよ」

「2200か～すごいですね」

ドームの入口に近づくにつれ、三人の姿がハッキリと見えてくる。最新式のかっこいいバトルスーツを身に纏《まと》い、高級そうな【魔法付与武装】を持つ。

三人とも端整な顔立ちでスタイルもいい。なるほどスター性があるってやつだな。

そう思いながら、悠真は自分のかっこうに目を向ける。

動きやすいように上下はジャージ。工事現場で使うヘルメットを被《かぶ》り、肘と膝に白いサポーターを巻き、足元は古くて汚れた安全靴。

持っている武器も、柄の長い〝金槌《かなづち》〟……スター性など、どこにもない。重い溜息《ためいき》しか出てこなかった。

悠真たちがドームの入口に辿《たど》り着《つ》くと、取材が終わったらしく、三人組もこちらにやってきた。

一応は探索者《シーカー》の先輩だ。悠真は挨拶しようと一歩前に出る。

「あ、あの、今日はよろしくお願いしま――」

三人は悠真に目を向けることなく、そのままドームに入っていった。

ガン無視されたことに「ぬぐぐ」と歯噛《はが》みしていると、田中が「まあ、気にしないで」と軽く肩を叩き、神崎は「性格の悪そうなヤツらだ」と言って目をすがめる。

悠真たちもドームに入り、受付にいた案内係の指示に従って会議室へと足を向けた。

◇◇◇

ドーム施設内にある会議室。

悠真たち三人が扉をくぐると、けっこうな広さの室内にはすでに多くの人がいた。今回集められた探索者《シーカー》たちだ。

何列にも並べられた長机の前に座り、談笑しながら会議が始まるのを待っている。

「四十人はいるみてーだな。まあ、ほとんど中小の連中か」

神崎はそう言って辺りを見回す。どうやら座る席は事前に決まっているようだ。神崎は空いている席を見つけると、「あそこか」とズカズカと歩いていく。

そこは左端の前から二列目の席。テーブルの上には『D－マイナー様』と書かれたカードが置かれていた。

神崎はドカリと腰を下ろし、田中と悠真《ゆうま》も着席する。

ふと見れば、最前列の中央にアイザス社の三人組がいた。気《け》だるそうにスマホをいじり、時折笑いながら会話をしている。

感じの悪い連中だったし、もう話しかけるのはやめよう。

そう思っていた時、『えーお待たせしました』という大きな声が会場に響いた。マイクを握って前に出てきたのは、ガッチリした体格の男性。

見覚えのある人物だったので、悠真は「あれ、あの人って……」とつぶやく。

「石川《いしかわ》だよ。あいつはこの『赤のダンジョン』の責任者だからな」

神崎が腕を組みながら不機嫌そうに言う。石川は前方中央に立ち、軽く咳払いしてからマイクを口元に運んだ。

『事前にお知らせしていた通り、比較的浅い階層に〝強化種〟の疑いがある魔物が目撃されました。すでに大怪我《けが》をした探索者《シーカー》もいるため、放置はできません。今日ここに集まった全員で見つけ出し、討伐します』

聞いている探索者《シーカー》たちに反応はない。事前に聞いていた内容なんだろう。

だが、悠真は初めて聞いた〝強化種〟という言葉に引っかかった。

『強化種について分かっていることを共有しておきます。最初に目撃されたのは、今から二週間前。一部の探索者《シーカー》から巨大なサラマンダーがいるとの情報がありました。これがその時の写真です』

石川が振り向くと、会議室の前方にある大型モニターに映像が映し出される。

それはかなり不鮮明なもので、大きなトカゲっぽい影は見えるが、ハッキリとはしない。

『この情報を受けたあと、エルシードの探索者《シーカー》たちが警戒にあたっていました。そして一週間前。十九階層を見回っていた探索者《シーカー》の一人が〝強化種〟と遭遇しました。突然のことだったため映像等はありませんが、この時の戦闘で探索者《シーカー》は右腕を食いちぎられ、今は意識不明の重体。しかし意識を失う直前、自分が持っていた長剣を巨大なサラマンダーの背に突き立てたと言っていました。つまり対象はまだ背中に剣が刺さったまま……それが対象の目印にもなるはずです』

悠真はゴクリと喉を鳴らした。そんな恐ろしい魔物がうろつく場所に行くのかと思うと、胃が締め付けられるような気分になる。

『この魔物は階層を移動していると考えられるため、十八階層から二十階層までを捜索の範囲とします。では、各階層を担当するグループを発表します。討伐は我々エルシードか、アイザス社の人間が行いますので、皆さんは無理をせず、捜索と連絡に専念して下さい』

石川は部下に指示を出し、企業ごとにトランシーバーを渡していく。

『みなさんもご存じのように、ダンジョン内ではほとんどの通信機器が使えません。この赤のダンジョンでもそれは同じです。ですが、そのトランシーバーなら、同じ階層にいる相手に連絡することは可能です』

悠真は神崎の前に置かれたトランシーバーに目を向ける。なんの変哲もない黒のトランシーバーに見えるが、下部にエルシードのロゴマークが入っていた。

どうやらエルシード社の製品らしい。

その後、各企業のグループ分けが行われ、二十階層と十九階層はエルシードがグループのリーダーを務め、十八階層はアイザス社がグループリーダーを担当することが正式に告げられる。

悠真たちD－マイナーの面々は、アイザス社がリーダーを務めるグループに入ることになった。

「十八階層か……深い階層じゃなくて良かったですね」

悠真が気楽に言うと、神崎は「たいして変わらねーよ」と釘《くぎ》を刺す。会議室にいた全員がダンジョンの入口があるホールまで移動することになり、悠真たちも席を立つ。

「ところで社長、石川さんが言ってた〝強化種〟ってなんですか？」

「知らねえのか？　ＳＴＩでも教えてるはずなんだが……まあ、お前は二ヶ月しかいなかったから、知らなくてもしょうがねえか」

神崎は歩きながら話し始める。

「強化種ってのは、ダンジョンでたまに出てくる魔物のことだ。ダンジョン内で魔物同士が戦うことはねーが、なにかの理由で死んだ魔物が〝魔宝石〟を残すことがある。その魔宝石を食って、より強力な個体になったのが〝強化種〟ってやつだ」

「そんなに強いんですか？」

「まあ、一つや二つの魔宝石を食っただけなら大したこともねーんだが。一度、魔宝石を食った魔物は味をしめてな。階層を移動しながら新しい魔宝石を探すらしい。そのせいで魔宝石を採取してる探索者《シーカー》が襲われることもあるって話だ」

「だからエルシードは討伐に躍起になってるんですね」

悠真が納得して頷《うなず》くと、神崎は「そういうこった」と言い、ダンジョンがあるホールへ入っていく。

先に来ていた探索者《シーカー》たちが、大きな縦穴に下りていく所だった。

二十階層に向かうグループだろう。悠真は自分が手汗を掻《か》いていることに気づく。

それも仕方ない。昨日よりも深い階層、そのうえ〝強化種〟と呼ばれる危険な魔物がいる場所に行くんだ。緊張して当然だろう。

「うし、すぐに俺らも出発だ。準備するぞ！」

「「はい」」

神崎に促され、悠真と田中はバッグから武器を取り出す。田中はいつも使っている【水脈の短剣】を、悠真はピッケルを組み立て、神崎も六角棍《こん》を連結させる。

武器を準備した三人はダンジョンを下りていく列に並び、順番が来るのを待った。

悠真は自分が持つピッケルに視線を落とす。ここまで来たらあとには引けない。最悪でも他の二人の足を引っ張らないようにしないと。

そんなことを考えていた時、ふいに声をかけられる。

「なんだ、新人の三鷹《みたか》君も連れていくのか？」

振り返ると、そこに立っていたのはエルシードの石川だった。迷彩色のバトルスーツを身に纏い、体の至る所に短剣などの武器を仕込んでいる。

体の大きさも相まって、かなりの重武装に見えた。

「なんだ石川、お前は先に行くグループのリーダーだろう。こんな所で油を売っていいのか？」

神崎がしかめっ面《つら》で言うと、石川はフッと笑みを零《こぼ》す。

「すぐに行くさ。それより今回の討伐は本当に危険だ。ルーキーを連れていくのはやめた方がいいと思うぞ」

「余計なお世話だ！　こいつは勉強のために連れてくことにした。文句を言われる筋合いはねえ」

神崎《かんざき》が食ってかかると、石川は困ったようにこめかみを掻く。

「文句を言ってる訳じゃない。ただ、さっき言ってた〝強化種〟に襲われたっていう探索者《シーカー》な……あれは、うちの米沢《よねざわ》なんだ」

「なに⁉　あの米沢が？　お前と同期のベテランの探索者《シーカー》だろう」

神崎の顔色が明らかに変わる。怪我をしたのは知っている人のようだ。

「ああ、俺と一緒にこの『赤のダンジョン』を守ってきたヤツだからな。並の魔物に後れを取るはずがない。俺も〝強化種〟は何度か見てきたが、今回のは特別だ」

石川の話に神崎はもちろん、田中も深刻な顔をする。想像していたより、リスクが高いってことだろうか？

「なんにしても気をつけることだ。ルーキーを連れていくなら尚更《なおさら》な」

そう言って石川は前を行くグループに加わり、穴の中へと下りていった。

「社長……」

悠真が不安そうな声を漏らすと、神崎は「心配すんな。大丈夫だ」と笑顔を見せる。

「多少強くても、所詮は〝強化種〟だ。そんなに怖がることはねえよ。もっとも、これが〝特異な性質の魔物《ユニーク・モンスター》〟ってんなら話は別だがな」

「なんですか？　その特異な性質の魔物《ユニーク・モンスター》って」

また出てきた耳馴染《なじ》みのない言葉に、悠真は眉根を寄せる。

「特異な性質の魔物《ユニーク・モンスター》ってのは、この世に一体しかいない固有種のことだ。〝強化種〟と同じで、浅い階層にいることもあるが、その強さは〝強化種〟どころじゃねえ。もしダンジョンで出会ったら、念仏唱えて逃げ出すしかねえだろうな」

「へ～、変わった魔物もいるんですね」

悠真は感心したように頷く。そんな話をしているうちに、自分たちがダンジョンに入る順番が来た。

悠真は目の前にある階段に目を落とす。薄暗い穴の底へと続くコンクリートの階段。先の方は暗がりになっているため、入っていった探索者《シーカー》の姿はもうほとんど見えない。

「行くぞ」

神崎が先陣を切り階段を下りていく。それに続き、田中《たなか》もヒョコヒョコと階段を下った。そんな二人を後ろから見ていた悠真は大きく息を吐き、両手でバチンと顔を叩《たた》く。

「よし！」

覚悟を決め、ダンジョンに繋《つな》がる階段を慎重に下りていった。

第三章　赤のダンジョン

　前日に魔物を倒していた十階層を通りすぎ、十一階層、十二階層と進んでいく。

　燦々《さんさん》と照りつける幻の太陽、肌を焼く暑さ、どこまでも広がるクリムゾンの大地は十階層と変わらないが、明らかに違う所もあった。

「おっとっと、なんだか歩きにくいですね」

　悠真《ゆうま》が足場の悪さに不平を漏らすと、タオルで額の汗を拭っていた田中がハハと笑う。

「浅い階層は平地が多いんだけどね。階層が深くなるにつれ、段差や崖なんかもあって、起伏が大きくなるんだ。だから悠真君も足元には気をつけてね」

「そうなんですか……気をつけます」

　長い隊列になった探索者《シーカー》の一行は、十五階層に入る。目的の十八階層まではもうすぐだ。

「それにしても、あんまり魔物が出てきませんね。十階層にいた時はもっとポンポン出てきたのに」

　悠真が歩きながら言うと、前にいた神崎が呆《あき》れた顔で振り向く。

「あのなあ……魔物が出てきても前にいるヤツらが倒すに決まってんだろ！」

「あ、そっか。そうですよね」

「だから前のグループにエルシードの社員がいんだよ。アイツらは戦闘のスペシャリストだからな」

「なるほど……」

悠真は神崎の話に納得しながら、ゆるい傾斜の岩場を登っていく。

最後尾に近いこの場所は、比較的安全なようだ。少しだけ緊張の糸が緩み、周囲を見渡す余裕が出てきた。

すると視線の端、右の岩場でなにかが動く。

「あれ？」

十メートルほど距離はあるが、確かに見えた。悠真が立ち止まったことに気づいた神崎は「どうした？」と聞いてくる。

「いや、なにか動いた気が……魔物じゃないですかね」

悠真が指を差すと、神崎は「あん？」と言って視線を向ける。一見なにもいないように見えたが、気を抜いた瞬間、なにかが飛び出してきた。

赤い鱗《うろこ》に覆われたトカゲのような生物。悠真はその魔物を写真で見たことがあった。

「サラマンダー‼」

かつてルイがこの『赤のダンジョン』で倒した魔物。素人《しろうと》が戦うには危険と聞いている。

咄嗟《とっさ》のことに、悠真は持っていたピッケルを握りしめたまま動けなくなった。

――まずい、戦わないと！

心は急《せ》くも、緊張で体が言うことを聞かない。そんな悠真の前に、背を向けた神崎が立つ。

「はっ！　前の連中が殺しそこねたな‼」

神崎は太い六角棍をクルクルと回し、中段に構える。握った部分から魔力を流し込み、六角棍全体が青く輝き出した。

凄《すさ》まじい威圧感に悠真はたじろぐが、サラマンダーは躊躇《ちゅうちょ》なく突っ込んでくる。

「上等だ！」

神崎は六角棍を上段に構え直す。サラマンダーは口に火種を溜《た》め、跳躍して飛びかかってきた。

悠真はギョッとしたが、ベテランの探索者《シーカー》である神崎が怯《ひる》むことはない。

冷静に石突を相手に向け、サラマンダーの頭に打ちつける。大トカゲはそのまま地面に叩きつけられ、口から炎を漏らして「グエッ」と苦し気な声を上げた。

それでもまだ死んでいない。頭を押さえつけられても、ジタバタと藻掻《もが》いている。

神崎は「フン」と鼻を鳴らし、六角棍にさらなる魔力を流し込む。【魔法付与武装】は普通の武器ではない。

魔法の効果を増幅させ、相手に直接ダメージを与える。

棍で押さえつけられたサラマンダーの頭は、ジュウウウウと煙を上げる。神崎がさらに六角棍を押し込むと、魔物は「ギイエエエ！」と藻掻き苦しみ、ついには力尽き動かなくなる。

十秒ほどするとサラマンダーの体は砂へと変わり、サラサラと風に運ばれ消えていった。

「ふう……やれやれだ」

神崎は六角棍を肩に乗せ、首をゴキゴキと鳴らす。

「す、すごいですね。あっと言う間に倒すなんて……」

「なに言ってんだ悠真。俺たちは〝水魔法〟を使う探索者《シーカー》だぞ。お前もこの程度の魔物なら、簡単に倒せるようにならねーとな」

「は、はあ……」

生返事しか出てこない。【金属化】しないでそんなことができるだろうか？　と悠真は不安になった。

近くにいた探索者《シーカー》たちも少しざわついていたが、神崎は「なんでもねえ」と言い、何事も無かったかのように列に戻る。

その後は問題なくダンジョン内を進むことができた。何匹か魔物には遭遇したものの、他の探索者《シーカー》と協力し、難なく討伐する。

そして目的地の十八階層――

「じゃあ、みなさん。集まって下さい」

声を上げたのはアイザス社の高橋《たかはし》だった。長い黒髪をセンター分けにした男性で、背が高いため、かなり目立つ。

神崎は「はあ～」と溜息《ためいき》をつくも、不承不承といった感じで、言われた通り高橋の元へ足を向ける。

今、この場にいるのはアイザス社の三人とD－マイナー、そして他二つのグループだ。十九階層、二十階層を目指すグループは先に行ってしまい、もう姿は見えない。全員が周りに集まると、高橋は大きな声で話し始めた。

「この階層では、我々アイザスの人間が指揮を取り〝強化種〟の捜索を行います。各自、トランシーバーは持っていますね？」

「はい」

「ええ」

他のグループのリーダーが返事をする中、神崎《かんざき》だけはトランシーバーをひらひらと見せるだけで、なにも言わなかった。

神崎を含め、中小企業のリーダーたちは三十代から五十代。

それに対して高橋は二十代前半に見える。神崎からすれば若造に指示されておもしろくないのだろう。だけど相手は仕事上の上司。

社会人としてそんな態度で大丈夫だろうか？　と悠真は心配になった。

「そのトランシーバーで連絡を取りながら〝強化種〟を見つけ出します。我々は北側を担当しますので、亀田《かめだ》工機の三人は東側、リオンテックの四人は南側。そしてD－マイナーの三人は西側を捜索して下さい。話は以上です。なにか質問は？」

高橋が見渡すと、亀田工機の女性探索者《シーカー》が手を挙げる。

三十代ほどに見える黒髪の女性で、作業服の上に白いプロテクターをつけている。彼女が亀田工機の責任者のようだ。

「私たちは極力戦闘を避けるように言われていますが、場合によっては戦うこともあるでしょう。その時は討伐しても構いませんか？」

女性の話を聞き、高橋はハァ～と溜息をつく。

「会議室で話を聞いていなかったんですか？　今回出てきた〝強化種〟は、あなたたちのような零細企業では手に負えない。対象の魔物を見つけたら我々に連絡して監視をしつつ、大人しく待ってて下さい」

上からの物言いに、女性はムッとしたように見えた。

高橋は話は終わったとばかりに背を向け、アイザス社のメンバーと共に北側へと歩いていく。

その場に残された三社の探索者《シーカー》たちは、互いに顔を見合わせ苦笑した。

「まったく、あれで去年デビューしたっていう新人なんですからね。堂々としてるというか、なんというか」

女性がボヤくと、神崎は「まったくだ！」とケラケラ笑う。

女性は神崎に歩みより、右手を差し出した。

「亀田工機の草野《くさの》です。今回はよろしくお願いします」

「ああ、俺はD－マイナーの神崎だ。こっちこそよろしくな」

二人はがっしりと握手を交わした。それを見ていたリオンテックの男性が、二人の元まで歩いてくる。

「ご挨拶が遅れました。私はリオンテックの杉林《すぎばやし》と言います。以後、お見知りおきを」

杉林と名乗り、名刺を差し出したのはロマンスグレーの髪をオールバックにした中年の男性。こちらも作業着の上からプロテクターを着ている。

こんな所で出会わなければ、探索者《シーカー》だとは誰も気づかないだろう。

「名刺か、探索者《シーカー》の間で交換するのは珍しいな」

神崎は苦笑いしながらも、ポケットをまさぐり、よれよれの名刺を相手に渡す。

亀田工機の草野も、「ご丁寧に」と言って自分の名刺を杉林に渡していた。こんなダンジョンの中で名刺交換が行われるなんて。悠真はある種のシュールさを感じた。

「しかし、東西南北に分かれるのはいいですが……あの三人がいる北側から最も遠い南側に魔物が出たらどうする気なんでしょうか？　絶対、駆けつけるのが遅れるでしょうし、そこまで考えて指示を出してるんですかね？」

草野が不安を吐露する。それを聞いた神崎は「ハンッ」と声を上げた。

「なんにも考えちゃいないさ。とにかく、自分たちで手柄を上げたいだけだろうからな。ヤツらにとっちゃ、競争相手はあくまでエルシード。俺たちみたいな中小企業は、端《はな》から眼中にないと思うぜ」

神崎が吐き捨てるように言うと、リオンテックの杉林は顔を曇らせる。

「いや、しかし困りましたな。私たちは南側の担当なので、草野さんがおっしゃる通り、

〝強化種〟を発見してもアイザス社の人間が駆けつけるのは遅れるでしょう。監視を続けろと言っていましたが、こちらも怪我人《けがにん》を出す訳にはいきませんし……」

深い溜息をつく杉林。そんな杉林に、神崎は明るく声をかける。

「まあ、心配すんな。このトランシーバーは全員に声が届くからな。もしあんたが救援要請を出せば、俺たちや亀田工機の人間も駆けつけるよ。なあ？」

神崎に水を向けられた草野はコクリと頷《うなず》く。

「ええ、そうですね。私たちが行った方が、アイザス社の人間より早いでしょうし、すぐ駆けつけますよ」

それを聞いた杉林は、パッと顔を明るくする。

「そうですか？　それはありがたい！　是非お願いします」

杉林は何度も頭を下げ、部下たちと共に担当する南側へと歩いていった。

「じゃあ、俺たちも行くか」

神崎が声をかけると、悠真《ゆうま》と田中《たなか》は「はい」と声を重ねて返事をする。

「草野さんたちも気をつけてな。お互い小さい会社なんだから、張り切りすぎて無理すんじゃねーぞ」

「ええ、ありがとうございます。神崎さんたちもお気をつけて」

かった。

「おうよ」

亀田工機の探索者《シーカー》たちとはそこで別れ、悠真たちは自分たちの持ち場である西側へと向

「ダンジョン内で、コンパスって役に立つんですね」

悠真は歩いている田中の手元を覗《のぞ》き込む。そこには丸いコンパスがあった。

「うん、そうだよ。スマホなんかの通信機器はダンジョン内にある〝マナ〟の影響で使えなくなっちゃうけど、コンパスには全然問題がないんだ。不思議だよね」

「へ～」

悠真は感心したように声を上げ、行く先を見る。

ゴツゴツとした赤い大地が続いており、小高い丘がある。悠真たちが丘を登りきると、下には段々とした傾斜のきつい岩場が広がっていた。

「ここを探すんですか？」

しんどそうだなと思い、悠真が嫌そうな顔で聞くと、神崎は「当たりまえだ！」と岩場を見下ろす。

三人は傾斜を下り、自分の背丈ほどある岩の合間を抜けていく。悠真は岩陰からなにか

飛び出してくるんじゃないかと、ビクビクしていた。

「気をつけろよ。なるべく離れないように進め」

神崎の指示に従い、先頭が田中、次に悠真、最後尾に神崎がつき、だんご状態で岩場を捜索していく。

すると田中が突然足を止める。

「ど、どうしたんですか？　田中さん」

悠真が尋ねると、田中は人差し指を口に当て「しっ」と言って、右の岩を見る。

「いるよ……あそこ」

「え⁉」

田中が睨《にら》む方向に視線を走らせた。パッと見では分からなかったが、よくよく目を凝らすとなにかがいる。

赤茶色の岩と同化するように張り付いていたのは、大きなトカゲのような魔物。

「サラマンダーじゃないですか‼」

悠真が目を見開いて一歩下がる。気づかずに近づけば、上から襲いかかって来ただろう。

「僕が行くよ」

田中が一歩前に出る。腰のホルダーから短剣を二本抜き、一本は刃の部分を持って振りかぶる。躊躇《ちゅうちょ》なく投げ放たれた短剣は、サラマンダーのすぐ脇に突き刺さった。

驚いたサラマンダーが飛び退《の》き落ちてくると、田中がすぐに走り出す。見た目はメタボのおじさんなのに、予想以上に機敏な動きだ。

後ろにいた神崎は「ちょっとどいてろ」と言って悠真を押しのけ、前に出てきた。

田中を支援するつもりなんだ。地面に着地したサラマンダーは怒りを込めた奇声を上げ、ドタドタと走って向かってくる。

田中は慌てず、持っていた短剣に魔力を集め〝刃《やいば》〟の部分を水の球体で覆う。走ってくるサラマンダーに向かって投げつけると、短剣は地面に刺さった。

外れた！　と悠真は思ったが、刃の部分を覆っていた球体が弾《はじ》け、水が噴き上がる。

それに驚いたサラマンダーは、水飛沫《みずしぶき》を避《よ》けようとして体を捻《ひね》り、思わずバランスを崩した。

後ろから走ってきた神崎は、その隙を見逃さない。

六角棍《こん》を横に薙《な》ぎ、サラマンダーのどてっ腹に打ち込んだ。トカゲは「グエッ！」と呻《うめ》き声を上げ、横に吹っ飛び岩に激突する。

地面にゴロンと転がるが、さらに半回転してまた腹ばいになった。

田中は間髪入れず、地面に刺さっている短剣を引き抜き、サラマンダーに突進していく。

そのまま飛びかかると、逆手に持った短剣をトカゲの背中に突き刺した。

全体重を乗せ、水の魔力を流し込む。

――あれは青のダンジョンで【ブルーフロッグ】を倒している時のやり方だ！

悠真がそう思っている間に、サラマンダーは絶命した。体はサラサラと崩れ、最後には砂になってしまう。

神崎と田中は、当たりまえと言わんばかりに、ハイタッチして労をねぎらった。

二人の連携プレーに、悠真は「すごい！」と尊敬の眼差《まなざ》しを向ける。そんな悠真を見た神崎は、「お前も、これぐらいできるようにならないとな」と発破をかける。

そんなことを言いながら、三人は慎重に岩場を進み〝強化種〟発見に全力を注いだ。

◇◇◇

赤のダンジョン、二十階層――

ここではエルシードの石川《いしかわ》が指揮を取り、〝強化種〟の探索を行っていた。

乾いた大地を踏みしめ、大きなボストンバッグを担《かつ》いだ石川は辺りを見渡す。この階層は岩山がいくつも連なり、かなり起伏のある地形だった。

たった一匹の魔物を見つけるのは難しいかもしれない。石川はそう思っていた。

「この階層にいるでしょうか？　米沢《よねざわ》さんに重傷を負わせた〝強化種〟は？」

石川に話しかけてきたのは、エルシードで共に働く相原《あいばら》だった。石川の後輩にあたり、社内でも経験豊富なベテラン探索者《シーカー》として知られていた。

「分からんな。だが、多くの階層をまたいで移動することはないだろう。当初の見立て通り、十八、十九、二十階層のどこかにはいるはずだ」

石川はベストポーチから小型の双眼鏡を取り出し、遥《はる》か先にある山々を見渡す。

切り立った岩山の裾野には赤い砂塵《さじん》が舞い、視界を遮っていた。石川は双眼鏡を下ろし、肉眼で山を眺める。

「他のグループから連絡は？」

石川が尋ねると、相原はフルフルと首を振る。

「いえ、まったく。この階層のグループにはエルシードの探索者《シーカー》を一名ずつ同行させていますが、まだ連絡はありません」

「そうか……」

石川は厳しい表情のまま、彼方《かなた》を見る。

「俺たちも行こう。さっさと見つけて討伐しないと、普段ここで仕事をしてる探索者《シーカー》たちも入ってこれないからな」

この討伐を行う期間、エルシードは十八階層への立ち入りを禁止していた。安全のためとはいえ、そのせいで割を食ってる探索者《シーカー》は大勢いる。

討伐が長引けば、不満を漏らす企業も出てくるだろう。

早く見つけなければ……石川は急《せ》く気持ちを抑えつつ、相原と共に岩山の麓に向かって歩き出した。

二十階層ではもっとも広い範囲を石川と相原が捜索することになっている。油を売っている暇はないのだ。

「それにしても人員が少なすぎませんか？　いくら探す魔物が一匹とはいえ、ここは広大なダンジョンですからね。二日以内に見つけ出せなんて……上も無理を言いますよ」

相原が不満を漏らす。実際、捜索に派遣された探索者《シーカー》は四十名程度。

今回は大規模討伐ではないため、それほどの人員はいらないが、それでも少なすぎると相原は思っていた。

「まあ、そう言うな。お前も分かってるだろう、五十階層まで調査隊が出てることを」

「ええ……それはもちろん」

相原は言葉に詰まり、眉を寄せる。ここ最近、『赤のダンジョン』ではイレギュラーな事態が数多く起こっていた。

強化種のことだけではない。本来はもっと深い階層にいるはずの魔物が浅い階層に出て探索者《シーカー》を襲う事件が多発している。

政府と共に『赤のダンジョン』を管理するエルシードは調査に乗り出し、深層に多くの研究員とそれを護衛する探索者《シーカー》を送り込んでいた。

そのためエルシード社の人員が足りなくなり、わざわざアイザス社に応援を要請することになった。

「本当は他社の協力は仰ぎたくなかったが……まあ、背に腹は代えられん」

「でも大丈夫でしょうか？　アイザス社のルーキー。実力こそ本物と言われてますが、あまりいい評判を聞きません」

石川はフッと頬を緩める。

「だから神崎《かんざき》と同じグループにしたんだ」

「神崎って……Ｄ－マイナーの神崎社長ですか？　知り合いなんですか石川さん」

「まあな、俺と神崎は松重《まつしげ》工業の社員だったんだよ」

「松重工業!?　日本で最初にダンジョンビジネスに参入した企業じゃないですか！」

相原が目を丸くすると、石川は面白そうに笑った。

「昔の話さ。松重工業も今はエルシードに買収されてなくなってしまった。俺はそのままエルシードに残ったが、神崎は会社を飛び出して起業したって訳さ。まあ、元々サラリーマンに向いてたとも思えんが」

「すごいですね。石川さんと同期なら日本で一番キャリアのある探索者《シーカー》じゃないですか」

「キャリアはともかく、性格は愚直なまでにまっすぐな男だ。アイザスのルーキーたちが理不尽な態度でも取れば、黙ってないだろうな」

「でも、それだとぶつかって問題になるかも……」

「はっはっは、それはそれで面白そうだ」

石川の言葉に相原は、大丈夫だろうか？　と心配になる。

そんな話をしながら歩いていると、大きな岩の陰からなにかが出てきた。石川と相原は立ち止まり、身を屈《かが》めて戦闘態勢を取る。

現れたのは赤い鱗《うろこ》に覆われたサラマンダー。一際《ひときわ》大きかったため、探していた強化種かと思ったが、どうやら違うようだ。

相原が一歩前に出て、腰に携えていた刀を抜く。

「私がやります」

相原が持つ剣に青い光が流れた。魔法付与武装【水流刀・弐式《に》】。火属性の魔物に対し、絶大な威力を発揮する武器だ。

相原が刀を下段に構え、斬りかかろうとした瞬間、石川が叫んだ。

「待て、相原！」

相原は動きを止め、半歩下がる。サラマンダーの後ろから別のサラマンダーが現れた。

さらに岩陰や岩の上など、次々にサラマンダーが姿を現す。

どうやら群れで行動しているようだ。

「石川さん」

「待ってろ、相原。すぐに準備する」

石川は慌てることなく、担いでいたボストンバッグを地面に下ろし、中から折り畳んでいた武器を取り出す。

それは分厚い鋼鉄でできた刃物。石川が柄の部分を持って振ると、ガキンと音を鳴らして大きな斧《おの》となった。

「【水脈の戦斧《せんぷ》】。こいつらは皮膚が硬いからな。これぐらいの武器が丁度いい」

石川は斧を構え、魔物の前に立ちはだかる。

サラマンダーも続々と集まり、十匹以上の集団となった。石川と相原は動じることなく、魔物たちと睨み合う。

膠着《こうちゃく》状態になりかけた時、一匹のサラマンダーがゆるりゆるりと近づいてくる。

五メートルほどの距離まで来ると、堰《せき》を切ったように突然走り出した。それを皮きりに他のサラマンダーも突進してくる。

相原は臆さず前に出た。下から斬り上げた長刀は、先陣を切るサラマンダーの肩口を斬り裂く。

水の魔力を込めた一撃。

傷口から煙が上がり、サラマンダーは藻搔《もが》き苦しんで転げまわる。それを余所目《よそめ》にあとから来たサラマンダーが飛びかかってきた。

相原は横にかわし、返す刀でサラマンダーの首を斬り落とす。

鮮やかな一太刀。他のサラマンダーはさすがに警戒し、動きを止めて口に火種を溜《た》める。サラマンダーが得意とする火炎放射。

この数で一斉に炎を吐かれるとまずい！　そう思った相原だったが――

「どいていろ‼」

石川が大声を上げた。その声に、相原は迷わず飛び退く。二人は長年共に戦ってきただけに、お互いの動きはよく分かっていた。

石川は斧を高々とかかげ、全力で振り下ろす。

戦斧を叩《たた》きつけると地面が割れ、そこから水が溢《あふ》れ出した。まるで間欠泉のような〝水の爆発〟。

近くにいたサラマンダーは吹っ飛び、地面に叩きつけられた。上空まで舞い上がった水は、ポツポツと雨になって降り注ぐ。

火属性の魔物に取っては、この程度の雨でも災害に等しい。体温を奪い取り、火の魔力を弱めてしまう。

多くのサラマンダーが一歩、二歩と下がり、戸惑っている。

そんな中、相原は水溜まりを走り抜け、サラマンダーの頭に刀を振り下ろす。一太刀で魔物を絶命させ、さらに別のサラマンダーの腹も斬り裂く。

我に返ったサラマンダーたちは怒り狂い、相原に向かって炎を吐き出そうとした。

しかし、その魔物たちに大きな影が迫る。

「おおおおおおおおおおおおおおおお‼」

石川が大型の戦斧を振り下ろした。サラマンダーはまっぷたつに両断され、空中に舞って砂に還《かえ》る。

さらに横に薙《な》げば、二匹のサラマンダーが同時に斬り殺された。

二人の連携にサラマンダーたちは為《な》す術《すべ》がない。ものの数分で十二匹のサラマンダーが討伐され、全て砂に変わる。

その砂もサラサラと風に運ばれていったが、唯一キラリと光る石が残った。

相原はしゃがんで小さな石を手に取る。

「魔宝石のルビーですね。まあまあの大きさです」

「ああ、持って帰れば『管理部』のヤツらが喜ぶだろう。それにしても、やはりおかしいな」

「ええ、二十階層にこの大きさのサラマンダーが群れをなすなんて……今まではなかった出来事です」

二人は深刻な顔をする。日本において『赤のダンジョン』は貴重な資源採取の場。もし入れなくなれば、経済的な損失は計り知れない。

とは言え石川や相原になにができる訳もなく、結局はエルシードの調査隊が戻って来るのを待つしかなかった。

「俺たちは俺たちの仕事をするまでだ。行くぞ、相原」

「はい」

石川は【水脈の戦斧】を肩に乗せ、岩山に向かって歩いていく。相原は刀を鞘《さや》に収め、石川のあとをついていった。

風によって大量の砂塵が舞い、二人の姿は徐々に見えなくなる。

◇◇◇

福岡県大野城市《おおのじょうし》。大野城総合公園にある『緑のダンジョン』、その三十三階層。

木々が生い茂り、虫のさざめきが聞こえてくる場所。

空からは明るい光源が降り注ぐも、鬱蒼《うっそう》とした広葉樹が日の光を遮り、辺りは常に薄暗かった。

「メイサ・ニードルの群れだな」

福岡本部の探索者《シーカー》、吉岡《よしおか》は身を低くして空を見上げる。

木々の合間をすり抜けながら移動してきたのは、スズメバチのような虫の魔物。中型犬ほどの大きさがあり、数百匹の大群となって飛び回っていた。

その数の多さに、吉岡は唇を噛《か》む。

後ろには自分の探索者集団《クラン》〝害虫駆除業者《エクスターミネーター》〟のメンバー五人が、吉岡と同じように身を屈め辺りを窺《うかが》っていた。

全員がエルシード社の戦闘用スーツを着込み、ヘルメットを被《かぶ》っている。

吉岡が後ろを振り向くと、すぐ手前にいた女性がコクリと頷《うなず》き、手を上げた。

探索者集団《クラン》のメンバーはすぐに散開し、所定の位置につく。

高い樹《き》を旋回して舞い戻ってきたメイサ・ニードルの群れが、再び吉岡たちの頭上に差しかかる。

「今だ！」

吉岡の号令と共に、探索者《シーカー》たちは一斉に立ち上がり武器を構えた。

吉岡が振るったのは魔法付与武装【風迅刀・弐式】。放たれたのは風の刃《やいば》。

他の探索者《シーカー》たちも各々《おのおの》が持つ日本刀の形をした魔法付与武装に風の魔力を纏《まと》わせ、一気に振り下ろす。

無数の風の刃が上空で交わると複雑に絡《から》み合い、大気の渦ができた。

その中へメイサ・ニードルの群れが突っ込んでゆく。バチンッと弾《はじ》ける音と共に、小さな風の刃が周囲に飛散する。

風の刃は魔物の脚や羽、体を斬り裂き、次々と地面に落としていく。

虫は甲高い声を上げ、のた打ち回る。

だが、全てのメイサ・ニードルは仕留めきれず、残った数十匹の群れは森を抜けていった。

「おい！　そっちへ行ったぞ‼」

吉岡が大声で叫ぶ。立ち並んだ木々を越えた先、ひらけた場所にある小高い丘に、一人の男が立っていた。

男は手に持った鞘から刀を抜き、構えることなく切っ先をダラリと垂らす。

刀身の根元『ハバキ』に付いた〝赤い魔宝石〟が輝くと、刃にメラメラと炎が灯《とも》る。

魔物が高速で迫ってくると、静かにたたずむ男、天沢《あまさわ》ルイは【炎熱刀・参《さん》式】を上段に構えた。

魔物が猛毒の針を向けてきた瞬間、炎の刀が煌《きら》めく。

剣閃《けんせん》が虚空《こくう》を舞うと、十数匹のメイサ・ニードルがまっぷたつに斬り裂かれる。傷口から発火して一気に燃え上がり、灰となって消えていく。

上空に広がった煙が揺らめき、その向こうから生き残った魔物が隊列を組んで襲いかかってくる。

ルイは落ち着いて刀を構え、より激しい炎で刀身を燃やす。

「速いけど……対応できないほどじゃない」

炎の斬撃は流れるような軌跡を描き、猛スピードで向かってくるメイサ・ニードルを次々と斬り裂いた。

屠《ほふ》った魔物は三十匹以上、炎に巻かれ砂へと変わっていく。

「ふう……」と、ルイが一息ついてから刀を鞘に納めると、遠くから「おーい！」と吉岡の声が聞こえてきた。

森の茂みから吉岡を始め、害虫駆除業者《エクスターミネーター》の探索者《シーカー》たちが駆けつけてくる。

「さすがだな、ルイ！　思った以上の数がそっちに行っちまったからな。心配したんだが……必要無かったようだ」

「いえ、吉岡さんたちが大部分の敵を倒してくれたおかげです」

「そう言ってもらえると助かる。少し休息を取ろうか」

「はい」

吉岡とルイが話している後ろで、害虫駆除業者《エクスターミネーター》のメンバーが地面に落ちている物を見つけ、拾い上げる。

「隊長！　魔宝石の〝翡翠《ジェダイト》〟です。１・５カラットはありますよ」

「おお、そうか！」

部下から魔宝石を受け取り、吉岡は大きなリュックを背負う隊員に手渡した。

隊員はリュックから専用のケースを取り出して慎重に魔宝石をしまう。ルイたちは休息を取るため、見晴らしの良い丘の上へと足を向けた。

「ここで休もう」

N2

吉岡が笑顔で言うと、ルイは「はい」と頷く。数人の探索者《シーカー》が辺りを警戒する中、丘の頂上で吉岡とルイは腰を下ろした。

「ここは見晴らしがいいからな。魔物が襲って来てもすぐに対応できる。しばらくは気を抜いても構わんぞ」

吉岡の助言にルイは首を横に振る。

「ダンジョンで気は抜けません。ちょっとした油断が命取りになりますから」

「おいおいベテランみたいなこと言うな。お前は真面目すぎるんだよ。俺が教えることがなくなっちまう」

吉岡はハッハッハと大声で笑い、背負っていたバッグを下ろして中から水筒を取り出す。フタを外すと水筒に直接口をつけ、ラッパ飲みした。

ルイも見習い、自分のバッグからステンレスの水筒を出してフタにお茶を注ぐ。一気に喉奥に流し込むと、フゥーと息をついて周囲を見渡す。

丘の下には深い森が広がっており、その向こうに山々が連なっている。

このダンジョンは広大なエリアが特徴で、一層あたりの面積は日本で最大だった。

「まだ一週間ほどしか経《た》ってないのに、マナを１００以上上げちまうとは……いやはや、噂《うわさ》に違《たが》わぬ才能だよ。本当に俺が教えることはなさそうだ」

吉岡はニヤリと笑ってルイを見る。

「そんなことありません。吉岡さんからは多くのことを学ばせてもらってます」

吉岡は照れ臭そうに頬を掻《か》く。

「まったく、お前さんの優等生ぶりには頭が下がるよ。探索者《シーカー》としては珍しい性格かもしれんな」

「そうなんですか？」

ルイは不思議そうに瞬《まばた》きをする。探索者《シーカー》の人となりを考えたことはなかった。

「去年、ＳＴＩを卒業した高橋《たかはし》って探索者《シーカー》を知ってるか？」

「ええ、アイザス社に就職した人ですよね」

ルイは水筒を脇に置き、吉岡に視線を向ける。

「そうだ。高橋はＳＴＩを卒業する際、マナ指数が１８００を超えてた。ＳＴＩでは歴代最高の数値だ。当然、各企業のスカウトが高橋に注目したが、エルシードは獲得に乗り出さなかった」

「どうしてですか？　そんな優秀な人なのに」

吉岡は水筒の水をもう一口飲み、フタを閉めてバッグに戻した。

「エルシードは人間性を重視する。どんなに優秀だろうと、人として問題があれば採用しない。高橋は素行に問題があったんだ。だから採用が見送られた」

ルイは言いにくそうな顔で吉岡を見る。

「それって……なにかやったんですか？　高橋さん」

ＳＴＩの情報は、一般には流れてこない。たとえ現在ＳＴＩに通っていたとしても、前年の受講生はまったくの別だ。

教師もなにも言わないため、噂などが広まることもない。

「まあ、あんまり人のことを言うのもどうかと思うが……高橋は他の生徒を見下すことがあったそうだ。それが原因で傷害事件が起きた」

「傷害事件⁉　それって誰かを傷つけたってことですか？」

「ああ、それも魔法でな」

ルイは絶句する。魔法は魔物に対して使うものであって、人間に向けるなど有り得ない。

「高橋は人工ダンジョンでの訓練中、何人かの生徒に〝練習〟と称して戦いを強要したんだ。カーストの上位に君臨する高橋には誰も逆らえず、練習相手になった生徒が怪我《けが》をしたと聞いている」

「そんな……」

「本来なら退所処分になってもおかしくないんだが、高橋とその仲間の親が介入して問題を握り潰したらしい。まあ、全部聞いた話だからどこまで本当か分からんがな」

ルイは暗い気持ちになる。会ったことがないとはいえ、自分の先輩にあたる人がそんなことをしていたなんて。

「要するにだ。お前は探索者《シーカー》としてだけじゃなく、人としても認められたってことだ。そうじゃなきゃ、エルシードに声をかけられることはない」

「そう言われると、なんだかプレッシャーを感じちゃいます」

「ハッハッハ。気負う必要はないが、高橋がＳＴＩで出した記録は抜いてくれよ。評判の悪いヤツが記録保持者なんて嫌だからな。お前ならできるさ」

簡単に言う吉岡に、ルイは苦笑する。

今、自分のマナ指数は１６００あまり。高橋の記録は１８００のため、あと２００ほど上げる必要があるが、それは容易なことではない。

マナ指数は高くなればなるほど上げるのが難しくなる。

ＳＴＩを卒業するまであと二ヶ月。それまでに上げられるだろうか？　とルイは思った。

「まあ、高橋を超えるのは間違いないとして、今の同期にライバルって言えるヤツはいるのか？　神楽坂《かぐらざか》製薬のお嬢さんがいるみたいだが」

「ライバル……ですか？」

ルイは「う〜ん」と考え込む。神楽坂はとても優秀だが、ライバルと呼ばれると違う気がする。

仲のいい友人であり、一緒に戦う仲間。という感じだ。

だとしたら——

ルイは数日前、幼馴染《おさななじみ》の楓《かえで》からかかってきた電話を思い出す。

＋＋＋＋＋＋＋＋＋＋＋＋＋＋

『ねえ、ルイ。知ってる？　悠真《ゆうま》が今なにしてるか』

「え、悠真？」

緑のダンジョン攻略を控え、福岡のホテルで休んでいたルイの元に、楓から電話がかかってきた。

メールでやり取りすることはよくあったが、電話をかけてくるのは珍しい。

そんな楓が声を弾ませて話したのは悠真のことだ。悠真がＳＴＩを退所になったことはもちろん知っていた。

そのあとは大学に戻ると聞いていたけど。

『なんとダンジョン関連企業に就職したんだって！　悠真のお母さんが教えてくれたんだ

よ』

「そうなの!?　それってプロの探索者《シーカー》になったってこと？」

『うん、大学に行くのをやめて就活したんだって。すごいよね！　落ち込んでるかと思ってたのに、どんどん前に進んで行くんだもん』

嬉《うれ》しそうに話す楓の声を聞いて、ルイの胸はチクリと痛んだ。

「じゃあ、探索者《シーカー》としての先輩だ。僕も負けないようにがんばらないと」

『ルイががんばったら、あっと言う間に悠真を追い抜いちゃうよ。ちょっとぐらい油断してあげなきゃ』

楓の軽口にルイは微笑《ほほえ》む。

子供の頃から運動でも勉強でも、悠真に負けたことはなかった。それは『悠真に負けたくない』という、子供ながらに抱いた対抗心。

いつもすぐ横に悠真がいたから……だから、がんばれたのかもしれない。

きっとこれからも――

＋＋＋＋＋＋＋＋＋＋＋＋＋＋＋

「ライバル……一人だけいますね」

その言葉を聞いた吉岡《よしおか》は、ニヤリと口元を緩めた。

「なんだ？　やっぱり神楽坂の嬢ちゃんか？」

ルイはフルフルと首を振り「違います」と答える。

「子供の頃からのライバルで、今も競い合ってる真っ最中なんです」

「そうか……いいじゃないか。そういう存在がいるってのは幸運かもしれんな。さて」

吉岡は立ち上がり、バッグを背負い直す。

「そろそろ行くか。この階層は〝主〟って呼ばれるとっておきの魔物がいるからな。そいつを倒してみろ」

「主？　おもしろそうですね」

ルイも立ち上がり、腰に携えた刀に触れる。

――もっと強い魔物を倒してマナを上げないと。

ルイと吉岡、そして害虫駆除業者《エクスターミネーター》のメンバーが丘を下りて森の中へと入っていく。しばらく歩くと、足元の土が水を含み始める。

その理由はすぐに分かった。

「ここって……沼ですか？」

樹々《きぎ》を抜けて開けた場所に出ると、そこには大きな池があった。だが水は汚れ、藻や水草が水面《みなも》を覆っている。

「ああ、そうだ。中に入るんじゃないぞ。足を取られて動けなくなるからな」

吉岡の言葉を聞き、ルイは改めて沼を見る。どれだけ深いか分からない沼の水面はゆらゆらと揺れ、なにかが底から上がってくる。

「気をつけろ、天沢《あまさわ》。そいつは火属性の探索者《シーカー》には、ちょっと厄介だぞ」

水面が盛り上がり、爆発したように水が弾《はじ》ける。沼の中から出てきたのは、巨大な蛇のような生き物。

ルイは刀を抜いて、刀身に炎を灯《とも》す。

「こいつがこの階層の〝主〟【スワンプワーム】だ。水辺にいる魔物で体長は大きいものだと十メートルを超える。体表は水を含んでるからな、半端《はんぱ》な〝火〟では燃やせんぞ」

吉岡の助言を聞いて、ルイは刀を下段に構える。

本来、緑のダンジョンに生息する〝虫の魔物〟は火に弱いはずだが、この魔物は火魔法の効果がうすいようだ。

それだけでも充分な脅威。しかし、もっと問題なのはこの大きさだろう。

五メートル以上高い場所に頭があり、口をこちらに向けている。跳躍したとしても簡単に届く距離じゃない。

なにより、あれが頭かどうかも分からない。

大きく丸い口を開け、その口をこちらに向けて突っ込んでくる。口の中には無数の牙がぎっちりと並び、噛《か》まれれば一溜《ひとたま》りもない。

ルイは飛び退《の》いて、ワームの攻撃をかわす。

大きな口が、ぬかるんだ地面をえぐる。ルイは怯《ひる》むことなく前に出て、炎の灯った刀でワームの頭を斬りつけた。

「ウオオオオオオオオオオン!」

大型の魔物は頭を持ち上げ、耳に響く唸《うな》り声を上げる。ルイは耳を押さえながら後ろに下がった。

魔物はわずかな傷を負っただけで、発火もしなかった。

体表が湿っていて火がつかない。ルイは【炎熱刀・参《さん》式】を下段に構えたまま、魔物と距離を取って睨《にら》みつける。

異様な魔物。頭に目もなければ、耳も鼻もない。

ただ長い胴体の先に口があり、無数の牙を覗《のぞ》かせながら襲ってくる。

「これは……手間取りそうだな」

ルイはチラリと吉岡を見る。楽しそうに微笑んでいた。吉岡に取っては見慣れた魔物にすぎないのだろう。

ルイは口《くち》の端《は》をわずかに上げ、刀に魔力を込める。

今までより激しい炎。この魔物は半端な力では倒すことができない。ルイはありったけの魔力を流し、刀身に灼熱《しゃくねつ》の炎を走らせた。

「うおおおおおおおおおお‼」

地面を蹴って一気に駆け出す。ワームも鎌首をもたげ、頭から突っ込んできた。

大口を開け、ルイを飲み込もうとする魔物。だが、ルイは直前でかわし、口の端を刀で斬り裂く。

そのまま刀を走らせ、ワームの胴体を裂いていった。

スワンプワームは堪《たま》らず頭をはね上げる。ルイはワームの胴体に刀を突き刺し、反動を利用して上空に舞い上がった。

ワームの真上にきたルイは、刀を振り上げたまま下を見る。

藻掻《もが》き苦しむ魔物。今度は体に炎が移っている。強力な〝火魔法〟が効果を上げたのだ。

ルイは再び刀に火を灯し、落下の勢いを利用してもう一度ワームに斬りかかった。魔物の口は大きく裂け、胴体が燃え始める。

ルイは落ちながらワームの体を斬り裂いていく。中ほどまでくると長い胴を蹴り、沼の縁まで跳躍した。

ギリギリで地面に足をつけたルイは、勢いを殺すため三回前転し、受け身を取ってから立ち上がる。

振り返れば、ワームは力なく横に倒れていく。胴体が水面に叩《たた》きつけられ、ゆっくりと沈んでいった。

「やった……のか？」

ルイはワームを倒せたかどうか、半信半疑のまま沼を見つめる。するとパチパチと手を叩く音が聞こえてきた。

「おみごと！　よく火が通りにくいスワンプワームを倒したな」

拍手をしながら吉岡が近づいてくる。それを見たルイは、ようやく自分が勝ったのだと安心して息をつく。

「僕にはかなりキツい相手ですよ。まだ戦うのは早かったんじゃないですか？」

「いや～そんなこともないだろう。危なくなったら助けに入ろうと思ってたんだがな。まったく出番がなかったよ」

吉岡はハッハッハと豪快に笑い、「よくやった！」とルイの肩を叩く。

「じゃあ、地上に戻るとするか。明日からもガンガンしごいていくからな。研修の間に、あと100はマナ指数を上げてもらうぞ！」

「お手柔らかにお願いします」

ルイは苦笑し、周りのメンバーに指示を出す吉岡について行く。

ふと足を止め、振り返って沼を見た。スワンプワーム……今まで倒した魔物の中で一番大きな個体だった。

自分は少しずつだけど、確実に強くなっている。ルイは自分の右手を握りしめ、そんな確信を抱いた。

――悠真は……今ごろなにしてるんだろう？　悠真も強くなってるのかな？

そんなことを思いつつ、ルイは吉岡たちと共にこの階層をあとにした。

◇◇◇

「うおっしゃあああ！　来い‼」

気合いを入れてピッケルを構える悠真。かつてないほど恐ろしい魔物と対峙《たいじ》していた。

「おい、大丈夫か？　だいぶへっぴり腰になってるけど」

少し離れた場所にいた神崎《かんざき》が声をかけてくると、悠真は「だ、大丈夫です！」と強気に返す。

悠真《ゆうま》の前にいるのは体長五十センチはあろう蛇の魔物。口からはチリチリと炎が漏れている。

赤のダンジョンに生息する【ファイアースネーク】だ。

噛みつかれたり、炎を吐かれると火傷《やけど》をすることもある。悠真はネットで見た、ファイアースネークに関する情報を思い出していた。

「とにかく、近づきすぎないようにしないと……」

悠真は慎重に距離を詰め、ジリジリとにじり寄る。攻撃できる範囲まで来ると、高々とかかげたピッケルを、力いっぱい振り下ろした。

ガンッとヘッドの部分が地面を砕く。しかしファイアースネークはすんでの所でかわし、ウネウネと動いてピッケルに絡《から》みつく。

「あっ‼」

悠真はギョッとしてピッケルをブンブン振り回すが、がっちりと巻きついた蛇が離れる気配はない。

「くっそぉ、それなら――」

悠真は蛇が絡みついたピッケルを、そのまま地面に叩きつける。

その衝撃で蛇はピッケルから離れたが、悠真の足元にニョロニョロと這《は》いよってきた。

「うわっ、うわ、なんだ⁉」

驚いた悠真は足をバタつかせ、逃げようと蛇に背を向ける。その瞬間、ファイアースネークは飛び上がり、悠真のケツに噛みついた。

「ぎゃあああああああああああああ‼」

悠真はピッケルを落とし、悲鳴を上げる。なんとか手で追い払おうとするが、蛇は簡単には離れなかった。

「いてて、くそ！」

悠真は蛇を潰そうと、ケツを地面に叩きつける。これには蛇もたまらず口を開けたが、ついでとばかりに炎を吐き出す。

火は悠真のケツを直撃し、激しく燃え上がった。

「あちゃちゃちゃちゃちゃちゃちゃちゃ、あち――――‼」

悠真は飛び上がり、盛大にすっころぶ。地面にゴロゴロと転がってなんとか火を消そうとした。

それを見ていた神崎は「しょうがねえな」と呆《あき》れた顔になり、右手を伸ばして手の平を前に向ける。

手の真ん中に水滴が集まり出し、ハンドボール大の球体が生まれる。

神崎は腕を引き、〝水球〟を振りかぶって放り投げた。綺麗《きれい》なフォームから繰り出された剛速球は、悠真に向かってまっすぐ飛んでいく。

水球はケツに直撃し、悠真は余りの痛みに「いてえっ‼」と絶叫する。

飛散した水によって火は消えたものの、悠真はケツを押さえたまま立てなくなる。

「仕方ねえな。田中《たなか》さん、頼むよ」

「分かりました」

田中は腰のホルダーから短剣を抜いて走り出す。とぐろを巻いて威嚇する蛇の前にくると、一旦立ち止まり短剣に魔力を流した。

ファイアースネークが蛇行しながら向かってくる。目の前で飛びかかってきたが、田中に慌てる様子はない。

メタボな体で軽やかにかわし、流れるような動作で蛇の首を斬り落とす。

ファイアースネークは、なにが起きたか分からないまま砂になってしまった。

「すげえ」

ケツを押さえたまま見ていた悠真は、田中の戦いぶりに思わず声を漏らす。

「大丈夫か？　悠真」

神崎が大股で歩いて来る。悠真はなんとか立ち上がり、「ズボンが破れちゃいました。

火傷もしたかも……」と惨状を訴える。

「どれ、見せてみろ」

神崎が悠真のお尻をマジマジと見る。ズボンもパンツも破れているため、かなり恥ずかしい状況だ。

「まあ、軽い火傷ってとこか。心配するほどのもんじゃねえよ。田中さん！」

「はいはい」

田中は軽やかな足取りでやって来ると、担《かつ》いでいたバッグを下ろし、中から救急箱を取り出す。

「悠真君、ちょっと動かないでね」

「は、はい……」

田中は塗り薬を悠真のお尻に塗り、丁寧にガーゼを当てて、ホワイトテープで固定していく。

先輩とはいえ、田中にお尻を触られるのはなんとも言えない気持ちになる。

もっとも治療をするのが田中ではなく、女性の舞香《まいか》だったら、もっと恥ずかしくて悶絶《もんぜつ》していたかもしれない。

悠真がそんなことを考えている間に治療が終わり、「はい、いいよ」と田中が言う。

「ありがとうございます」

治療をしてもらって痛みは引いたが、お尻が丸出しの状態は変わらない。

「これ……替えのズボンとかってないですよね？」

「う〜ん、さすがにズボンは持ってきてないけど……代わりになる物はないかな」

田中はバッグの中を覗《のぞ》き込み、ゴソゴソとまさぐる。

「あ！　これ、使ってみようか」

田中が笑顔で取り出したのは、布製のガムテープだった。悠真は顔をしかめ、「それ、どうするんですか？」と尋ねる。

「まあ、これでね」

悠真の後ろにしゃがんだ田中は、ガムテープを適当な長さで千切り、それをお尻に貼っていく。何度も千切っては貼り、を繰り返しているとお尻は見えなくなった。

「うん、応急処置としてはいいんじゃないかな」

田中は満足気に頷《うなず》くが、悠真としては動きづらくて仕方ない。

「良かったな悠真。遠目で見りゃあ、普通のズボンと変わらんぞ」

ケラケラと笑う神崎に「いや、絶対違うでしょ！」と悠真は思わず突っ込む。

色々トラブルはあったが、三人はその後も〝強化種〟の探索を続け、切り立った崖下に足を運ぶ。

見上げれば三十メートルはあろう断崖がそびえ立っていた。

とても登れそうにない場所だ。悠真は茶褐色の岩肌に触れ、もしこの上に〝強化種〟がいたらどうするんだろう？　と思い神崎を見る。

神崎も崖を見上げていたが、すぐに興味をなくし、崖を横切るルートを歩き始めた。

悠真と田中も神崎のあとをついて行く。山に囲まれた峡谷に入り、乾いた大地を歩いていると様々な魔物に遭遇した。

角が燃えている鹿が現れれば、神崎が前に出る。頭から突っ込んでくる鹿に対し、神崎は持っている六角棍《こん》に〝水の魔力〟を流した。

青く輝いた棍棒で鹿の頭を打ち据えると鹿はよろめき、辺りに水飛沫《みずしぶき》が舞う。

態勢を立て直そうとした鹿だが、神崎は間髪入れず二撃目を叩き込んだ。剛腕によって振るわれた六角棍。

鹿は絶命し、砂になって大地に還《かえ》る。

次に襲いかかってきたのは大きな鷹《たか》だ。羽を広げたまま滑空して来る。

今度は田中が前に出た。二本の短剣を逆手に構え、高速で迫ってくる鷹を睨《にら》みつける。

あんな短い剣で大丈夫だろうか？　と悠真は心配になったが、田中に怯《ひる》む様子はない。

大鷹と交錯する刹那、二本の短剣が煌《きら》めく。

鷹はバランスを崩して地面に激突。ドタバタと藻掻《もが》いたあと、徐々に動かなくなり、砂に変わってしまった。

悠真は「おお」と驚きの声を上げる。

その後も峡谷を進んで行くと、リスのような魔物がちょこんと道端にたたずんでいた。うさぎほどの大きさで、不思議そうにこちらを見ている。

「悠真、次はお前がやってみろ」

「分かりました！」

あれなら俺でも勝てそうだ。と思った悠真は、意気揚々と前に出る。

ぺっぺ、と手に唾をつけ、ピッケルを握りしめてから目の前にいるリスを睨みつけた。かわいい見た目だが、魔物であることには変わりない。

「悪く思うなよ」

悠真は慎重に間合いを詰めてからピッケルを振り上げ、リスに向かって先端部分を叩《たた》きつけた。

だが、リスは悠真の攻撃をあっさりとかわし、ピョンッと飛びかかってくる。

リスの頬がプクーッと膨れるのを見て、悠真は嫌な予感がした。

「あ、ちょ、待て——」

口から吐き出されたのは激しい炎。その炎が顔面に直撃した悠真はもんどりうって倒れ、顔を押さえてゴロゴロと転がる。

一瞬炎を浴びただけなのでダメージはなかったが、心はポッキリと折れた。

気づけば悠真は一目散に逃げ出し、神崎《かんざき》に助けを求める。

「社長！　無理です。助けて下さい！」

「なんだ情けねぇ。あんなちっちぇえ魔物に、なにビビってんだ」

「凶悪すぎますよ、あのリス！」

神崎は大きな溜息《ためいき》をつき、「田中さん、いいか？」と聞く。田中は「ええ、もちろん」と言って腰のホルダーから短剣を抜き、リスに向かって行く。

その背中はまるで英雄のように見えた。

駆け出した田中は一瞬でリスを斬り裂き、倒してしまう。短剣をホルダーにしまい、「じゃあ、行きましょうか」と笑顔で言う。

三人は再び歩き出し、山の合間を進んで行く。

「俺、田中さんみたいな探索者《シーカー》になれるように、がんばります！」

「え⁉　僕？」

一緒に歩いていた悠真《ゆうま》の言葉に、田中は戸惑って両眉を上げる。

「僕なんか目指しちゃダメだよ。探索者《シーカー》としては弱い方なんだから」

「そうなんですか⁉」

「社長で少し強いぐらいかな。どう思いますか、社長？」

話を振られた神崎は、ボリボリと頭を掻《か》き、

「まあ、そうだな。俺も田中さんも、大企業の探索者《シーカー》と比べりゃあ、大したことねえだろ。そもそも俺たちが強かったら、もっとでっけえ会社になってるよ」

どちらも強いと思っていた悠真は衝撃を受ける。

――あれだけ戦えて強い方じゃないのか……だったら才能があるって言われてるルイはどれだけ凄《すご》いんだ？　なにより社長や田中さんに遠く及ばない俺って……。

一抹の不安を覚えつつ、神崎と田中のあとを追い、悠真は峡谷の奥へと足を進めた。

◇◇◇

「いねえな」

六角棍を肩に乗せ、タバコを吹かしながら神崎がつぶやく。あれから三時間以上周辺を探し回ったが、強化種は見つからない。

「僕らが担当してるエリアにいないのか、もしくはこの階層自体にいない可能性もありますね」

田中《たなか》の話に神崎は頷く。

「そうだな。まあ、俺たちに任された仕事はきっちり熟《こな》したからな。あとは他のヤツらに任せるしかねえ。取りあえず戻るか」

神崎は振り返り、来た道を戻り始める。田中と悠真も神崎のあとをついて行った。

「でも社長。崖の上って見なくていいんですか？　あのでっかい山」

悠真は切り立った山を指差す。

「ああ、あそこはいい」

「どうしてですか？」

悠真の疑問に、神崎はめんどくさそうに頭を掻く。

「お前は初めて来たから知らねえだろうが、あそこには大火喰鳥《おおひくいどり》の巣があんだよ。でかい鳥の魔物でな、サラマンダーでも寄りつくことはねえ。下手に近づいたら寄ってたかって攻撃された挙句、上から突《つ》き落とされるからな」

「え!?　でも、魔物同士は争わないんじゃ……」

「そりゃ魔物がそれぞれの縄張りを守ってる場合だ。まかり間違って他の魔物の縄張りに入っちまうとボコボコにされちまうらしいぜ」

「そうなんですか」

悠真はゾッとして背筋が寒くなる。

結局、西側ではなんの収穫も得ることはできず、三人は元いた平地まで戻って来た。

「他の場所では発見されてますかね？」

悠真が尋ねると、神崎は「いや」と首を振る。

「発見してるならトランシーバーで知らせてるはずだ。少なくともこの階層ではまだ見つかってねーな」

神崎が持つトランシーバーは一度も音を発してない。だとしたら〝強化種〟はこの階層にはいないってことか。

姿だけでも見たいと思っていた悠真は、少しがっかりする。

「さて、と。これからどうしたもんか」

神崎は吸いかけのタバコを投げ捨て、アゴに指を当てて考え込む。

「やっぱり、他の人の手伝いに行くべきじゃないですか。僕らは捜索を終えましたけど、まだ続けてるグループがいるかもしれませんし」

田中の話を聞いた神崎は、腕を組んで「う～ん」と唸《うな》る。

「確かにそうだな。アイザスのヤツらに応援は必要ないだろうが、亀田工機とリオンテックの所には行ってみるか」

「そうですね」

神崎は田中と話し合い、ここからもっとも近い南側に行くことになった。リオンテックのグループがいる場所だ。

三人が南側に向かって歩き出そうとした時、神崎が腰に提《さ》げていたトランシーバーが、突如音を発する。

『ガガッ……ピー、ガッ……ガガッ』

「ん、なんだ?」

神崎はトランシーバーを手に取って、耳に近づける。悠真と田中も音を聞こうと神崎の元まで歩み寄った。

『ガッ……強化種だ！　……強化……種が……出た。応援を……求む。繰り返す……ガッ、強化種が……』

聞こえてきたのは南側に行ったリオンテックの探索者《シーカー》、杉林《すぎばやし》の声だった。

「出やがったな！」

神崎の目がギラリと光る。田中と悠真は緊張した面持ちになるが、やることは決まっている。

「田中さん、俺たちも行くぞ！」

「分かりました」

悠真も「よしっ」と気を引き締め行こうとすると、神崎は「待て」と手で制す。

「悠真、お前はここにいろ」

「ええ⁉」

悠真は驚いて足を止める。当然、一緒に行けると思っていたので、予想外の指示に困惑した。

「今回の〝強化種〟はかなり危険だ。俺も戦いながらお前を守る自信はねえ」

「で、でも……」

「とにかく、ここで待ってろ！　もし魔物が出てきても戦うんじゃねえぞ。必ず逃げろ、いいな！」

有無を言わさぬ神崎の言葉に、悠真は頷《うなず》くしかなかった。神崎と田中はリオンテックの探索者《シーカー》たちがいる、南側へ走って行く。

どんどん小さくなる二人の背中を、悠真は見つめることしかできない。

「……いくら半人前だからって、置いてかなくてもいいよな」

悠真は不満を漏らしつつ、近くにあった岩に腰かける。

プロの探索者《シーカー》が本気で戦う所を見たかったのに……。そう思ったが、今さらどうしようもない。

担《かつ》いでいたバッグを下ろし、中から水の入ったペットボトルを取り出す。ダンジョン内は相変わらず暑い。

燦々《さんさん》と照りつける太陽。熱を帯びた岩肌。しかも、この『赤のダンジョン』には夜がないらしく、暑さが緩むことはない。

ずっと居続けるにはかなりキツイ場所だ。

悠真はペットボトルの水をゴクゴクとラッパ飲みし、ふぅと息をついたあと、フタを閉めてバッグに戻す。

その時、視界の端になにかが映った。視線を向ければ、少し先に大きな岩がある。

魔物だろうか？　どうやら岩の後ろに隠れたようだが、いるのは間違いなさそうだ。

悠真はゆっくりと立ち上がり、岩の裏側が見えるように慎重に移動する。一定の距離を空け、魔物が突然飛びかかってこないか警戒しながら足を運ぶ。

岩の裏が徐々に見えてきた。やはりなにかいる。

悠真はピッケルをグッと握りしめ、いつでも戦えるよう準備をする。

危ない魔物なら神崎の言う通り逃げなければならないが、もし〝リス〟の魔物程度だったら叩《たた》きのめそうと考えていた。

毎回、逃げ回る訳にはいかない。

岩の裏が見えてくると、そこにいる魔物の姿が見えてくる。ゴツゴツとした肌、鋭い爪、長い尻尾にギョロリとした眼《め》。

間違いなくサラマンダーだった。

「ヤバい！」

この辺りで一番凶悪な魔物だ。悠真は後ずさり、すぐに逃げようとした。だが、あることに気づく。

「いや……でも、小さいな。子供か？」

岩陰にいるサラマンダーは、神崎が倒したものより明らかに小さい。それに、こちらの様子を窺《うかが》っているだけで襲って来ようともしない。

「なんか弱そうだな。こいつだったら……」

悠真はピッケルを握り直し、そろりそろりとサラマンダーに近づく。魔物は警戒して、一歩二歩と下がった。

やはりこちらにビビってるな。悠真は自信を深め、歩みを速める。

ある程度近づくと、ピッケルを振り上げた。

——こいつを倒して〝魔宝石〟がドロップすれば、社長や田中さんもビックリして俺を見直すかもしれない。そうなれば舞香《まいか》さんも『すごいじゃん、悠真君！』なんて喜んでくれたりして。

悠真は頭の中でグフフフと、ほくそ笑んだ。

目の前にいるサラマンダーは固まったまま動かない。たとえ魔法が使えなくても、弱い魔物なら普通の武器でも倒せると聞いている。

このピッケルの一撃なら大丈夫だろう。悠真は力いっぱいピッケルを振り下ろした。

頭をかち割った、と思った瞬間、サラマンダーは素早い動きで攻撃をかわし、悠真の足に頭突きを食らわす。

「痛《い》っつ⁉」

急な出来事に対応できない。悠真が思わずしゃがみ込むと、今度は火を吐いてきた。

大人のサラマンダーより小さな炎だったが、悠真は仰《の》け反《ぞ》って背中から倒れてしまう。

さっきまで大人しかった子供のサラマンダーは、火がついたように狂暴化し、悠真の頭目掛けて飛びかかってきた。

「うわあっ‼」

悠真はピッケルでガードするものの、サラマンダーはピッケルの柄にかじりついて離そうとしない。

汗だくになる悠真《ゆうま》は必死にピッケルで押し返し、一気に振り払ってなんとか立ち上がる。

「な、なんだよ。やっぱり凶悪じゃねーか！」

愚痴っている間にも、サラマンダーは襲いかかってくる。

悠真の足元に近づくと、体を横に回転させ、尻尾で足を薙《な》ぎ払う。ローキックを食らった形になった悠真は立っていられずすっ転んだ。

「痛《いて》えっ⁉」

さらにサラマンダーの尻尾攻撃は続き、頭にローリングテイルが炸裂《さくれつ》する。

「ぎゃああああ‼」

頭が割れるかと思うほどの衝撃。なんとか立ち上がろうとしたが、その前にサラマンダーは火炎放射を浴びせてきた。

火は髪に燃え移り、メラメラと頭を燃やす。

「あ、あ、あっち！」

頭を手で払い、なんとか火を消したが、手で触ると十円禿《は》げのようなものができていた。かっこつけようと思っていたのに、これじゃあまた笑われる！　悠真は怒り心頭でサラマンダーを睨《にら》みつける。

小さなサラマンダーは肩を揺らし、シシシと笑っているように見えた。

「この野郎！　もう赦《ゆる》さねえ‼」

悠真はピッケルを投げ捨て、フンッと体に力を入れる。皮膚が黒く染まり、衣服が体の中に取り込まれる。

全身が厳《いか》つい鎧《よろい》に覆われ、額からは剣のような鋭い角が伸びる。

その姿はまさに異形。鋼鉄の鎧を纏《まと》った〝黒い怪物〟は、足元にいる小さな魔物を睨みつけた。

サラマンダーは怖がっているのか一歩、二歩と後ずさる。

黒い怪物は牙の生えた口から高温の蒸気を吐き出し、逃げようとするサラマンダーを追いかける。

「逃がさねえぞ！」

悠真は右手を伸ばし、拳を大きなハンマーへと変えた。単純な形なら、【液体金属】の能力で簡単に再現できる。

サラマンダーは逃げられないと思ったのか、後ずさるのをやめ、足に火を吹きかけてきた。

「ハハハハ、全然熱くないぞ。この姿になったら物理攻撃も魔法も効かないからな。覚悟しろよ！」

悠真は右手のハンマーを振り下ろす。衝撃で地面が割れ、ハンマーは大地に突き刺さった。だが肝心のサラマンダーには当たっていない。

「こいつ、ちょこまかと……」

何度もハンマーを地面に叩きつけるが、その度にサラマンダーは軽やかにかわしていく。小さいこともあって、なかなか当たらない。

「くそ、なんだよ‼」

今度は左手もハンマーに変え、二本のハンマーでサラマンダーを追い詰める。しかし、何度やっても地面が割れるばかり。

小さなサラマンダーを捉えきれない。悠真はイライラして地団太を踏む。

「なんなんだ、こいつは！　腹立つな」

この【金属化】した姿は、パワーと防御力こそ凄《すさ》まじいが、スピードがそんなに速い訳じゃない。

逃げに専念する相手には手を焼いてしまう。

「だったら、こうだ！」

悠真は右手のハンマーをさらに大きくした。打撃面が広くなり、これなら当たるだろうと悠真は思った。

「フフ、今度こそぶちのめす！」

悠真はハンマーを振り上げ、全力で地面に叩きつけた。巨大なハンマーは大地を盛大に砕き、硬い岩肌を割っていく。

耳をつんざく衝撃音のあと、土煙が舞い上がり、地面には深い亀裂が入った。

凄まじい威力であることを物語っている。

「よし！　倒せただろ」

悠真はハンマーを持ち上げ、目の前を見る。土煙が晴れていくと、クレーター状に砕けた地面の横、小さなサラマンダーは無傷のままこちらを見上げる。

ちょこんとたたずみ、笑っているように見えた。

「ぬぐぐぐ」

悠真は頭に血が上り、わなわなと震える。こんなちっちゃい魔物にまでバカにされるなんて……。

「ぜってー倒す‼」

悠真は左手のハンマーも巨大化し、小さなサラマンダーに襲いかかった。

◇◇◇

「あーしんどいですね。よりによって南側ですか」

アイザス社の三人が灼熱《しゃくねつ》の大地を歩いていた。その中の一人、金髪マッシュルームカットの菅原《すがわら》が、髪をいじりながら不満そうにぼやく。

「まあ、それでも〝強化種〟がいただけいい。この階層にいなかったらエルシードのヤツらに手柄を持っていかれるからな」

長い黒髪をかき上げながら、悠然と言ったのは高橋《たかはし》だ。アイザス社三人組の中ではリーダー格にあたり、他の二人も高橋に逆らうことはない。

「にしても、こんなのんびり歩いてていいのか？　中小の連中、今ごろヒイヒイ言って死にかけてんじゃねえか？」

半笑いでしゃべったのは短髪でガッシリした体格の男、矢作《やはぎ》だった。

「小さい会社の人間が何人死のうがどうでもいい。最終的に俺たちが〝強化種〟を倒せば問題ないんだからな」

高橋の言い様に、矢作は「ハハハ、確かにな」と笑って頷《うなず》く。そんな三人が階層の中央にさしかかった時、高橋が「ん？」と言って西側に視線を向けた。

「どうした？」

矢作が怪訝《けげん》な顔で聞く。高橋は「いや」と答え、足を止める。

「なんだか分からんが、やたら大きい〝マナ〞を感じる」

「え？」

高橋の言葉に、菅原は顔をしかめる。

「そんなはずないよ。強化種が出たのは南側で、そっちは西側じゃないか」

「確かにそうだが……やはり強い気配を感じるな」

菅原と矢作は顔を見交わし、互いに困惑した。それでも「仕方ねえ」と声を上げたのは矢作だ。

「高橋の〝マナ感知能力〞は、俺たちの中じゃピカイチだからな。取りあえず調べに行ってみるか、強化種が移動してるかもしれねーし」

菅原も「分かったよ」と渋々同意する。

「まあ、中小のグループを急いで助ける義理もないからね。行くだけ行ってみようか」

三人は西側に足を向け、周囲を警戒しながら進んで行く。しばらく歩いていると大小様々な岩がある場所が見えてきた。

その岩を飛び越えて先に進むと、ドン、ドン、となにかを叩く音がする。

「なんだ⁉　なんの音だ？」

高橋は戸惑った表情を見せる。前に進むにつれ大きくなる音に、菅原と矢作も眉根を寄せて当惑する。

三人が岩場を抜けて少し開けた場所に辿《たど》り着《つ》くと、そこには異様な光景が広がっていた。地面にボコリとへこんだ大穴がある。それも一つではなく、いくつもあった。その穴を目で追っていくと、黒い生き物が視界に入る。

それは、大きなハンマーで地面を叩《たた》いていた。

高橋たちはなにがなんだか分からず、絶句したまま目を凝らす。黒い生き物は人のような形をしていた。

だが人ではない。人型の魔物だ。

その魔物は手の先がハンマーのような形になっており、地面を殴りつけては、また別の場所を叩いている。

見たことのない魔物の奇行に、三人はドン引きした。

それでも見過ごす訳にはいかず、三人は慎重に近づいて行く。黒い魔物と二十メートルほどの距離まで迫ると、その姿がハッキリと見えてきた。

人型の魔物はゴツゴツとした鎧を纏い、長い角が生えている。

手の部分はハンマーのような形で、地面を叩くたび、岩が爆散して大穴が空く。岩陰に身を隠し、こっそりと見ていた高橋は、その威力に思わず生唾を飲む。

「お、おい、どうする⁉　あれは探してるサラマンダーじゃないぞ！」

眉間にしわを寄せた矢作の言葉に、高橋は「分かってる！」と声を荒らげる。

「だけど放っておく訳にもいかないだろ。見たことのない魔物だが、ここで討伐する‼」

高橋は岩陰から出て、腰に携えた剣を抜く。剣身が真っ黒な大振りの剣。

矢作と菅原も武器を構える。こちらも漆黒の斧《おの》と、漆黒の短剣だった。アイザスが期待のルーキーに持たせた高額な【魔法付与武装】。

ダンジョン内で産出される希少な金属〝ミスリル合金〟で作られたもので、硬い甲殻で覆われた魔物でも斬り裂けるとされていた。

高橋は切っ先を黒い魔物に向けたまま、ゆっくりと相手に近づく。

◇◇◇

「どりゃあああああああああああ‼」

左手のハンマーを叩きつけると地面が爆《は》ぜ、また大穴が空いた。

舞い上がった粉塵《ふんじん》が消えるのを待ち、悠真は辺りを確認する。すると、穴の縁に小さなサラマンダーが張りついていた。ダメージがあるようには見えない。

――また外した‼

あまりのすばしっこさに、悠真《ゆうま》はこれが〝強化種〟じゃないのか？　と疑い始めた。

それほどに回避能力が高い。悠真はギリと奥歯を噛《か》みしめるが、それでも何度か攻撃を続けるうち、サラマンダーを岩の奥まった場所に追い込むことができた。

左右や後ろも岩に阻《はば》まれ、サラマンダーは身動きが取れなくなる。

右往左往するサラマンダーの前で、悠真はガンッと足を踏みしめた。小さなサラマンダーはビクッと反応し、こちらを向いてゆっくりと後ずさる。

「ハッハッハー、今度こそ終わりだな！　手間かけさせやがって、岩ごとぶっ潰してやるからな‼」

悠真は右手の大きなハンマーを振り上げる。その瞬間、背中に衝撃が走った。

「ん？」

なんだ？　と思い振り返ると、そこにはアイザス社の三人組がいた。なぜか武器を構え、驚いた表情をしている。

どうしてこんな所にいるんだ？　このチビサラマンダーを討伐しに来たのか？

悠真はよく分からないまま三人を見つめる。

「こ、こいつ！　俺たちの魔法攻撃が効いてないぞ‼」

斧を構えた短髪の男が、眉間にしわを寄せて叫んだ。

「防御力が高そうだ。やっぱり直接攻撃するしかなさそうだよ」と、短剣を握った金髪の男が言う。

それを聞いた長身の男が「ああ、そうだな」と答え、「おい化物！　そこを動くなよ」と叫ぶので、悠真は辺りを見回した。チビサラマンダー以外、特に魔物はいない。

一体なにを言ってるんだろう？　と思っていると、

「お前だ、お前！　なにキョロキョロしてやがる‼」

短髪の男に突っ込まれ、悠真はハッとした。

──俺のことか‼

自分の手足を見る。両手はハンマーのうえ、全身は真っ黒で筋骨隆々。厳《いか》つい鎧《よろい》を纏《まと》う、まさに人外の姿。

【金属化】していることをすっかり忘れてた。この姿を見られるのは初めてだったが、言い訳をする訳にもいかない。

どうしよう、と思いオロオロしていると、背の高い男がジリジリと近づいてくる。

このままじゃマズい！　この三人はかなりの実力者、たとえ【金属化】していても負けるかもしれない。

チラリと視線を動かすと、チビサラマンダーがチョコチョコと逃げていく所が見えた。

「こいつ！」と思ったが、そんなことを気にしている場合じゃない。

──俺も逃げないと！

悠真は両手のハンマーを元に戻し、左右を何度も確認してから、ダッシュで右側に走った。

「あっ！　逃げたぞ‼」

短髪の男が叫ぶが、悠真は構わず全力で大地を駆ける。スピードに自信はないものの、それでも人間の足には勝てるだろう。

そう思っていたのに──

「逃がさん‼」

背後からバチバチという音が聞こえた。なんだ？　と思い悠真が振り返ると、黒い剣を持った長身の男が光っていた。

そのまま腰を落とし地面を蹴った瞬間、男の姿が消える。

悠真は呆気《あっけ》に取られた。なにが起きたか分からなかったからだ。怪訝に思っていると、すぐ隣を男が並走している。

——なっ⁉　なんだ？

男は黒い剣に稲妻を宿し、その稲妻が男の靴に伸びている。よく見れば靴も特殊な物で、黄色の宝石がいくつもついていた。

「【飛雷走】！　雷魔法を使った高速歩法だ。俺からは逃げられんぞ‼」

男は目の前に回り込み、剣を構えて立ちはだかる。男が身に付ける高そうな武器や防具を見て、悠真は溜息《ためいき》が出る思いだった。

やっぱり大手の探索者《シーカー》って、あんなにいい物が貰《もら》えるんだ……。うらやましいな～。

そんなことを考えてる間に、男は剣に魔力を集める。プラズマがバチバチと剣に渦巻き、強い光を放った。

「黄金の竜よ！　眼前の敵を滅し、蘇《よみがえ》ることのない塵《ちり》へと帰せ。【渦巻く雷竜の顎《サンダーボルテックス》】‼」

剣に巻きついたプラズマが、巨大な竜の顔に見えた。

「死ねえええええええええ‼」

——うわあああああああ‼

稲妻を纏った剣が、へっぴり腰になった悠真の体を捉える。鋼鉄の胸に当たった瞬間、キンッと高い音が鳴り響いた。

悠真が「ん？」と言い、男も「え？」と間の抜けた声を上げる。

なにかが空中をクルクルと回り、弧を描いて飛んでいった。そのまま地面に落ちて突き刺さる。

なんだか分からなかったが、よく見ればそれは黒い剣の先だ。男は驚き、自分が振り切った剣を見る。すると真ん中でポッキリと折れていた。

男は蒼白《そうはく》な顔になり、わなわなと震え出す。

「三億の剣がああああああああああああああああああああ‼」

――えええええええええええええええええええええええ⁉

「よくも……よくもやってくれたな！　絶対に赦《ゆる》さんぞ‼」

――いやいやいや、俺なんにもやってないし！

そう反論したかったが、当然しゃべる訳にもいかない。そうこうしているうちに、他の二人が追いついてきた。

「どうした高橋《たかはし》⁉　なにがあった？」

短髪の男が荒い息のまま尋ねる。

「この魔物に剣を折られた！　恐ろしく凶悪な魔物だぞ‼」

「なに⁉」

「本当ですか⁉」

とんでもない濡《ぬ》れ衣《ぎぬ》を着せられてる！　まさか、三億を賠償しろなんて言わないよな？　気が気でない悠真だったが、そんなことおかまいなしに、斧と短剣を持った男たちが前に出てきた。

「任せろ！　俺がぶっ殺してやる‼」と短髪の男が息巻く。

「急所を突けば一撃ですよ。まあ、見てて下さい」と金髪の男も短剣を構えた。

二人は武器に魔力を流し、逃げようとした悠真を左右から挟み込む。短髪の男は燃え盛る斧をかかげ、金髪の男は稲妻を纏った短剣を後ろに引いた。

この攻撃はかわせない。直感的にそう思った悠真は、両腕でガードを固める。

短髪の男が叫ぶ。

「我が炎を纏いし最強の斧！　彼《か》の敵を焼き尽くして絶対なる勝利をもたらせ！　喰《く》らえ、【爆炎の獅子王撃《ビーストフレイム》】‼」

金髪の男も同時に攻撃を仕掛ける。

「天と地をつなげ、全ての者に等しき罰を。この渾身《こんしん》の一撃はあらゆる物を貫く雷光！　受けてみろ化物！　【絶対なる雷神の矢《ケラウノス》】‼」

そのポエムみたいなの必要ですか？　と思った悠真だが、口を挟む余地などない。

爆炎の斧と、雷を帯びた短剣。その二つが体に当たった瞬間、激しい光で目が眩《くら》む。

全員が目を開けられず、光が収まるのを待った。次第に辺りの様子が分かるようになると、信じられない光景が広がる。

斧がヒビ割れ、短剣が砕けていたのだ。二人は思わず絶叫する。

「一億八千万の斧があああああああああああああ‼」

「一億五千万の短剣があああああああああああああああ‼」

――もうやめてえええええええええええええええええ‼

悠真も心の中で絶叫した。武器を壊す気などまったくなかったのに、勝手に攻撃してくるからこんなことになる。

この体は途轍《とてつ》もなく硬いのだ。高い武器であろうと歯が立たない。

説明したいが、そんなことできるはずもなかった。

そうこうしているうちに、金髪の男が腰に携えたもう一本の短剣を抜く。

「くそっ‼」

男は短剣に魔力を流し、悠真に向かって投げてきた。「危ない！」と思わず手で払うと、キンッと音を立てて剣が飛んでいく。

地面に落ちた剣は、ぐにゃりと曲がっていた。

「六千五百万の短剣があああああああああああああ‼」

——いいかげんにしろ‼

さすがに腹が立ってきた。こっちはなにもしてないのに、勝手に攻撃してきて、勝手に武器を壊している。

これ以上つき合ってられない。

悠真が逃げようとすると、背の高い男が「待て！」と言って追いかけて来る。また靴にバチバチと雷を集め、あっと言う間に目の前に回り込んできた。

「お前はここで倒す！」

背の高い男は両手に稲妻を溜《た》め、その稲妻を悠真に向かって放出する。光り輝く稲妻は、蛇のような形になって襲いかかってきた。

悠真は防御態勢を取り、雷の魔法攻撃に耐える。

さらに後ろにいた二人も魔法を放ってきた。大きな火球と雷撃が悠真にぶつかった瞬間、爆発したように粉塵《ふんじん》と煙が舞い上がる。

背の高い男は「どうだ⁉」と声を上げるが、煙の中から無傷の悠真が飛び出す。

「なっ⁉」

男は咄嗟《とっさ》に顔をガードする。その隙に悠真は手刀で、男の靴を攻撃した。

靴についていた〝魔宝石〟に指先がかすり、わずかにヒビ割れたのを確認した悠真は、そのまま大地を走り抜ける。

「あっ！　待て‼」

背の高い男は再び靴に雷を集めようとするが、うまくいかず地団太を踏む。その間に悠《ゆう》真《ま》は距離をどんどん空けていった。

「くそっ！　追え、追え‼」

男は怒りに満ちた表情で走り出し、そのあとを二人の男が続いた。悠真は岩や段差を飛び越え、峡谷の中へと入っていく。

三人との距離は五十メートル以上広がった。ここまで離せば大丈夫だろう。

「おい、右に曲がったぞ！　見失っちまう‼」

「もっと急がないと！　高橋くん【飛雷走】は使えないの⁉」

「さっき、あの魔物に靴を壊された。普通に走って追うしかない！」

三人は足を速め、峡谷へと走っていく。

その様子を悠真は小さな岩の陰から見ていた。今は人型ではなく、丸いスライムの形になって身を隠していた。

あの三人も、まさか体の形を変えられるとは思わないだろう。

全員が走り去ったのを確認し、悠真はピョンピョンと跳ねて岩陰から出る。

「さてと、今のうちに逃げなきゃな」

自分の意思で延長しない限り、あと数分で【金属化】の効力が切れる。

――人間の姿に戻れば、あの三人も黒い怪物が俺だなんて思わないだろう。そうなれば武器の損害を請求されることもないだろうし、問題なく帰れる。

そう考えた悠真は、峡谷とは逆方向に進もうとした。その時――

「うわあああああああああああ‼」

峡谷に鳴り響く絶叫。

「ん？　なんだ」

悠真は動きを止め、ピョンピョンと跳ねて峡谷の方を見る。さっきの三人になにかあったのかな？

悠真は逃げなきゃ、と思いつつも気になってしまう。

「ちょっとだけ見てくるか」

峡谷に体を向け、丸いスライムのまま飛び跳ねて移動する。この姿なら人型より目立たないが、進む速度はだいぶ遅い。

それでも根気よく飛び跳ねていると、三人の姿が見えてきた。

一人が地面に倒れ、その前で二人がなにかと対峙《たいじ》している。悠真は岩壁に身を隠しつつ、彼らの前に巨大な影が見える。大きな体に、長い尻尾。赤い鱗《うろこ》が全身を覆い、鋭い爪で大地を掴《つか》む。

ギョロリとした眼《め》で獲物を睨《にら》み、凶悪な口で舌なめずりする。

「……あれが探してた〝強化種〟のサラマンダーか」

でもどうしてこんな所に？　と悠真は疑問に思う。〝強化種〟は南側に出たとリオンテ
ックの人がトランシーバーで言っていた。

だとしたら、ここまで移動してきたのか？　いや、早すぎる。こんな短時間で移動でき
るはずがない。

そう考えると、さっきの報告は誤りでこっちが本物ってことか？

分からないことは多いが、あの三人組なら〝強化種〟であっても倒してくれるだろう。

そう思った悠真はクルリと回り、来た道をピョンピョンと戻っていった。

◇◇◇

「なんだ……なんなんだ、このデカさは!?」

高橋は突如現れたサラマンダーに驚愕《きょうがく》し、立ち尽くしていた。通常のサラマンダーは

生体でも一・五メートルから二メートルほど。

しかし目の前にいる化物は、優に十五メートルはある。

ここまで大きいサラマンダーは、見たことも聞いたこともなかった。

「おい、菅原《すがわら》！　いつまで寝てんだ‼」

矢作《やはぎ》が苛立《いらだ》った様子で叫ぶ。その言葉を聞いて、尻もちをついていた菅原がカッと顔を赤くした。

「ね、寝てなんかないよ！　急にサラマンダーが降ってきたから、ビックリしただけだ」

菅原はすぐに立ち上がり、三人で巨大な魔物を睨む。真っ赤な鱗に覆われた体。顎の大きさはサラマンダーというよりドラゴンに近い。

ジリ、ジリ、とにじり寄って来る魔物に、高橋たちは思わず後ろに下がる。

「こいつが〝強化種〟なのか⁉」

矢作が斧《おの》を構えたまま疑問を口にした。それを聞いて高橋が頷《うなず》く。

「間違いないだろう。背中を見てみろ」

「背中？」

矢作が視線を向けると、巨大なサラマンダーの背中になにかがあった。

「あれは……剣か？」

黒と銀の色合いが美しい剣が、サラマンダーの背を貫いて、中ほどまで刺さっていた。柄《つか》の部分には青い魔宝石が付いている。

「エルシードの石川《いしかわ》が言っていただろう。目標の〝強化種〟は探索者《シーカー》と戦って背中に剣が刺さっていると」

「ちょ、ちょっと待て！　あれが〝強化種〟だとしても、なんでここにいんだ⁉」

矢作の疑問はもっともだった。報告通り〝強化種〟が南側に出たなら、こんな所にいるはずがない。

だとすれば、中小の連中が見間違えたということ。高橋はギリッと奥歯を鳴らす。

「南に出たというのは誤りで、こっちが本物なんだろう。やはり中小企業の連中は使えないな」

「マジかよ！　ったく、だからあんなヤツらと一緒に仕事すんのは嫌だったんだよ」

矢作は怒りをぶちまけるが、菅原は尻の砂埃《すなぼこり》を払いながら笑みを浮かべる。

「まあまあ、小さな企業の探索者《シーカー》が無能なのは分かりきってることじゃないですか。それより、ここで〝強化種〟を確実に倒して、手柄を上げることの方が重要ですよ」

「確かにな」

高橋は首肯し、サラマンダーに向かって手をかざす。

「逃げていった〝黒い怪物〟は後回しだ！　まずはこいつから倒す‼」

矢作と菅原も同じように手を前に出し、その手に魔力を集めた。高橋と菅原の手からはバチバチと稲妻が迸《ほとばし》り、矢作はバスケットボール大の火球を作り出す。

武器は失ってしまったが、魔法だけでも大ダメージを与えることはできる。高橋はそう考え、二人と息を合わせて一斉に攻撃した。

高橋と菅原の雷撃は細いプラズマとなって襲いかかり、矢作は火球をオーバースローで投げ放つ。

まったく避《よ》けようとしないサラマンダーに三人の攻撃が当たると、激しい爆発が起こる。

「やったぜ！」

矢作が嬉々《きき》とした声を上げた。周辺が燃え、煙がモクモクと立ち上る。

「避けようともしないとは……自分を強者だと勘違いしたようだ。俺たちほど強い探索者《シーカー》に会ったことがないんだろう」

高橋はフフと笑う。だが、煙の中から突如巨大な魔物が突進してきた。

「なっ⁉」

三人は咄嗟に避けるが、サラマンダーは急に体を捻《ひね》り、クルリと回った。巨大な体躯《たいく》に気を取られ、あとから襲ってくる尻尾に対応できない。

矢作は足をすくわれ、地面に叩《たた》きつけられた。

「がはっ‼」

倒れた矢作の足は、あらぬ方向に曲がっていた。——折れている、高橋は一目見てそう思った。

「あああああ、痛《いて》ええええ‼」

矢作は悶《もだ》え苦しみ、硬い地面をゴロゴロと転がる。

「矢作！」

高橋は血の気が引く。矢作の足は完全に骨折している。あれではもう戦えない。

視線をサラマンダーに向けると、のっそのっそとこちらに近づいてきた。三人がかりの魔法攻撃がまったく効いていない。

——俺と菅原だけでこいつを倒せるのか⁉

「ど、どうしよう高橋くん！　このサラマンダー、恐ろしく強いよ」

「分かってる！　くそっ、せめて武器があったら……」

高橋は臍《ほぞ》を噛《か》む。あの変な黒い魔物に出会わなければこんなことになっていなかったのに、と。

「仕方ない、一旦引くぞ！　矢作を担《かつ》げるか？」

「う、うん、分かったよ」

二人は矢作に肩を貸し、なんとか起き上がらせた。サラマンダーを魔法で牽制《けんせい》しつつ、少しずつ後ろに下がる。

一定の距離が空くと、高橋は「今だ！」と言って振り向き、菅原と共に走ろうとした。

だが――

「なっ⁉」

高橋の足が止まる。目の前にはおびただしい数の魔物がいた。

全て真紅の鱗を纏《まと》った火の魔物、サラマンダーだ。

「どうしてこんなに……」

菅原は目の前の光景が信じられず、その場で立ちすくむ。矢作は相変わらず足の痛みに顔を歪《ゆが》め、自力では立てない様子だ。

高橋は自分たちが置かれた状況に絶望した。

戦うための武器もなく、仲間の一人は重傷で動けない。後方には異常な大きさの強化種がおり、前方には百匹近くのサラマンダーがいた。

サラマンダーたちの後ろには切り立った山がそびえ立ち、その崖を下りてくる個体もいる。

本来大火喰鳥《おおひくいどり》がいるはずの山頂に、サラマンダーの巣があるようだ。

このままでは魔物の数がどんどん増えていってしまう。高橋は額に嫌な汗を掻《か》いたが、それ以上にダラダラと汗を掻いた菅原が、震える声で話しかけてくる。

「ど、どうする？　高橋くん。このままじゃ、僕ら死んじゃうよ」

「分かってる」

高橋は舌打ちし、周囲を見渡す。百匹近くのサラマンダーを突破するのは不可能だ。

逃げられるとしたら……。高橋は〝強化種〟に目を移した。この図体《ずうたい》なら、脇を抜けて逃げられるかもしれない。

もしダメなら、矢作を囮《おとり》にしてでも――

高橋はそんなことを考えながら〝強化種〟にジリジリと向かって行く。相手が顔を逸《そ》らした瞬間、全力で駆け出した。

矢作に肩を貸しているため、大した速度は出ない。

それでも逃げるには〝強化種〟の横を通り抜けるしかなかった。巨大なサラマンダーは緩慢な動きで首を振る。

その時、高橋ははたと気づく。

これはサラマンダーが炎を吐く際に行う動作……逃げることばかり考えていて、そんなことも忘れていた。

反応の遅れが命取りになる。〝強化種〟は顔をこちらに向け、口から溢《あふ》れんばかりの火を放った。炎は立ち止まった三人を容赦なく飲み込む。

「ああああああああああ‼」

高橋は絶叫した。炎は魔法障壁を突破し、着ていたバトルスーツも焼いてしまう。

三人は地面に倒れ、転げ回って体に移った火を消そうとした。なんとか消火することはできたが、その間に多くのサラマンダーが集まって来ていた。

起き上がろうとした高橋たちに対し、一斉に火炎放射を浴びせかける。業火《ごうか》は渦巻き、高く伸びる火柱となった。

これには高橋たちも絶叫するしかない。

「があっ‼」

高橋はなんとか魔法障壁で耐えるものの、萱原は炎を防ぎ切れず「あああ‼」と叫びながら地面に倒れる。矢作も投げ出され、炎の中に転がった。

「くそ！」

高橋は稲妻を発生させ、迫りくる炎にぶつける。なんとか炎を掻き消すことができたが、サラマンダーに辺りを囲まれてしまった。

これでは逃げきれない。

正面にいる〝強化種〟が、火種を溜《た》めた口をガパリと開けた瞬間、高橋は死を覚悟して瞼《まぶた》を閉じる。

――こんな所で、この俺が……。

高橋がギリッと歯を噛みしめた直後、ドンと大きな衝撃音が鳴る。

「なんだ⁉」と思い、高橋が薄目を開けると、そこには宙を舞う〝強化種〟の姿があった。

クルクルと回転し、大きな岩に叩きつけられる。

地面に落ちた巨大なサラマンダーは、仰向けになった体をモゾモゾと動かし、グルンとひっくり返って正常な体勢に戻った。

頭をブルブルと振り、一点を睨《にら》んで「グルルル」と唸《うな》り声を上げる。

高橋は強化種と同じ方向に視線を向ける。

「あ、あいつは……」

そこには自分たちの武器を壊した、あの黒い怪物が立っていた。

◇◇◇

丸いスライムのまま逃げようとしていた悠真《ゆうま》は、ピタリと動きを止める。

本当にあの三人は大丈夫だろうか？　自分のせいではないものの、三人の武器を壊してしまったのは事実。

「武器無しで〝強化種〟に勝てるかな……」

ひょっとすると苦戦してるかもしれない。どうにも気になった悠真は、体を反転させ、来た道をピョンピョンと戻って行く。

三人が戦っている場所に近づくと、岩陰に身をひそめ、アイザス社の三人と〝強化種〟の戦いをこっそりと覗《のぞ》いた。

巨大なサラマンダーは首をブルンと振り、灼熱《しゃくねつ》の業火を吐き出す。

それに対し、三人は〝魔法障壁〟を張って防ごうとするも、火が強すぎて防ぎ切れない様子だ。

溢れんばかりの火炎を浴び、悲鳴を上げて尻もちをつく。

「おいおい、あれ……マズいんじゃないか？」

明らかに押されている。さらに何十匹もいるサラマンダーに辺りを囲まれ、一斉に吐き出された炎に飲まれていた。

轟々《ごうごう》と立ち上る火と煙。背の高い男はなんとか耐えていたが、他の二人は悶え苦しんでいた。

トドメとばかりに〝強化種〟が一歩前に出て、口を開く。

――さすがにヤバい！

悠真は岩陰から飛び出した。嫌な感じのヤツらだったけど、目の前で死なれちゃ寝覚めが悪い。

悠真はフンと体に力を入れた。スライムの丸いボディがぐにゃりと歪み、急激に大きくなって人型へと変わる。

全身は黒い鎧《よろい》に覆われ、長い角と鋭いキバが生えてきた。

強靱《きょうじん》な脚で大地を蹴り、一足飛びで〝強化種〟に近づく。巨大なサラマンダーは三人に気を取られ、こちらにまったく気づいていない。

「喰《く》らえ‼」

悠真は巨大なサラマンダーの腹を思い切り蹴り上げた。

魔物は「グエッ⁉」と苦し気な声を上げ、回転しながら飛んでいく。もっと重たいかと思ったが、そうでもなかった。

強化種は大きな岩に激突し、ゴロゴロと転がって仰向けに倒れた。

すぐに起き上がってこちらを睨むも、それほどの怖さは感じない。充分倒せると確信したからだ。

悠真は地面に伏せている三人を見る。

――今のうちにさっさと逃げろ！

叫びたい所だが、声を出す訳にもいかない。三人はなにが起きたのか分からず、戸惑っているように見える。

そんな三人とは違い、魔物たちの行動は早かった。百匹はいるであろうサラマンダーの群れが、目を血走らせながらこちらにやって来る。

多くのサラマンダーが移動したことで奇《く》しくも退路ができ、それに気づいた三人は泡を喰って逃げ出した。

「ふぅ……取りあえず良かった。だけど――」

強化種と普通のサラマンダーたちが悠真を取り囲み、今にも飛びかかって来そうな勢いだ。

「そりゃあ、こうなるよな」

三人を助けることはできたが、代わりにこっちに集まって来てしまった。

悠真は腕を組み、「う～ん」と考え込む。

逃げようと思えば逃げ切れるだろう。だけどこんなたくさんのサラマンダーを放っておくと、他の探索者《シーカー》を襲う可能性もある。

「特に社長や田中《たなか》さんに危害が及ぶかもしれないしな。後々めんどくさくなりそうだし、ここで倒しておくか」

悠真は覚悟を決め「よし！」と言って、戦闘態勢に入る。

「デカいのも含めて、まとめてぶっ倒す！」

悠真が構えを取ると、普通のサラマンダーたちが一斉に襲いかかって来た。その動きはかなり素早い。

悠真は右手を長い〝剣〟に変え、右から回り込んで来たサラマンダーを斬り飛ばした。さらに足元のサラマンダーを左足で踏み潰す。

二匹とも即死して砂になったが、他の魔物はチョコマカと動き回り、悠真の足に噛《か》みついてきた。

「あ！　こいつら」

次々に噛みついてくるサラマンダーを払いのけ、右手の剣で斬りつける。

何匹か倒すものの、残りの個体はあっと言う間に距離を取る。そして息を合わせ、火炎を吐きかけてきた。

重なった炎は燃え上がり、高い火柱となって悠真を包み込む。

「効かねえよ！」

悠真は揺らめく炎の中から飛び出し、サラマンダーの一匹をまっぷたつにした。さらに間髪入れず、もう一匹を蹴り飛ばす。

その後も何度か攻撃を叩《たた》き込むが、素早く動くサラマンダーに苦戦してしまい一匹ずつしか倒せない。

「くそっ！　これじゃあキリがない」

悠真は辺りを見回し、「だったら――」と言って駆け出す。

狙うは巨大サラマンダーのみ。他のちっこいのは後回しだ。そう考えた悠真は剣を下段に構え〝強化種〟に向かって突っ込んで行く。

すると巨大なサラマンダーは、体軀《たいく》に似合わない機敏な動きを見せる。

明後日《あさって》の方向に走ったかと思えば、切り立った崖を登って行く。悠真の手の届かない所まで来ると、動きを止め、悠然と見下ろしてきた。

「あいつ……あんな所に行きやがって！」

腹を立てた悠真も崖を登ろうとしたが、強化種は真上から炎を浴びせかけてくる。

普通のサラマンダーとは比較にならないほどの爆炎。悠真は崖から手が離れ、落下して地面に叩きつけられた。

「ぎゃっ！」

そこにサラマンダーの群れが襲いかかってくる。手や足、頭に噛みつき、振り払っても振り払っても、また噛みついてくる。

「いいかげんにしやがれ‼」

悠真は全身からウニのようなトゲを伸ばし、体に張りついていたサラマンダーを串刺しにする。

二匹が一瞬で砂となり、三匹は悶《もだ》え苦しんでから砂となった。

全身の〝トゲ〟を戻した悠真は、一気呵成《いっきかせい》に畳み掛けようとする。しかし、魔物たちは警戒して距離を取り、近づいてこなくなる。

離れた場所からまた火炎放射。ダメージはないものの、鬱陶しいことこの上ない。

「これじゃあ全部倒すのに時間がかかる！」

時間をかけ過ぎれば【金属化】の能力が解け、普通の人間に戻ってしまう。

その前に倒さなきゃいけないのに……。悠真は逃げた方がいいかな？　と思い始めたが、あることを閃《ひらめ》く。

「そうだ！　この方法なら……」

悠真は怪物の姿のままニヤリと笑い、剣にした右手を元に戻した。

◇◇◇

黒い魔物とサラマンダーが戦っている場所から、百メートル以上離れた場所にある大きな岩。その岩陰に高橋《たかはし》たち三人の姿があった。

高橋はしゃがみ込んで身を隠しつつ、岩から顔を出して戦場を見る。

「た、高橋くん。こんな所にいないで、早く逃げた方がいいよ」

菅原《すがわら》の言葉に、高橋は「ふん」と鼻を鳴らす。

「バカを言うな！　このまま逃げたら〝強化種〟に負けたヤツらだと笑われるんだぞ！　なんとか成果を上げないと」

「そりゃ、そうだけど……」

「なぜかは分からないが魔物同士が戦ってるんだ。両方が潰し合ってくれるかもしれない。そうなれば討伐の手柄は俺たちのものだぞ」

高橋は口元を緩めて言うが、菅原は乗り気になれない。

「矢作《やはぎ》の意識がないんだ！　すぐにダンジョンから出て治療しないと……僕だけじゃ運べないよ！」

「ハァ……ハァ……」

見れば地面に倒れている矢作は脂汗を掻《か》き、うずくまったまま動かないでいる。

それを見た高橋は「チッ」と舌打ちした。

「うるさいヤツだな。そもそも怪我《けが》をしたのはこいつが油断したからだ！　普段から訓練をサボってたからな。死んだとしても自業自得《じごうじとく》だ」

「そんな……」

青い顔をする菅原をよそに高橋は岩陰から顔を出し、黒い魔物とサラマンダーの戦いに視線を移した。

サラマンダーの群れは一斉に火を吐き、黒い魔物を攻撃している。だが全然効いている様子はない。

――『赤のダンジョン』の魔物だから〝火〟に耐性があるのか？　だとしてもまったく効かないのは不自然だ。

今度は黒い魔物がサラマンダーの群れに襲いかかる。

右腕を剣のように伸ばし、サラマンダーの体を両断していた。

――あいつは俺たちと戦ってる時、攻撃してこなかった。あれが本来の戦闘スタイルなのか？

さらに黒い魔物の攻撃は続く。足元にきたサラマンダーを踏み潰し、手で掴《つか》めばそのま

ま頭を握り潰す。

蹴り上げれば、サラマンダーを数十メートル先まで吹っ飛ばしていた。

――すごい……圧倒的なパワーだ。

戦いは完全に黒い魔物が押していて、サラマンダーは逃げ回り始めた。正面からでは勝てないと思ったのだろう。

高橋はふと考え込む。あんな魔物、『赤のダンジョン』にいただろうか？　高橋はダンジョンで発見された魔物のデータを、ほとんど覚えていた。

赤のダンジョンで〝人型〟といえば【ゴブリン】がまっさきに思いつく。

だが、あの黒い魔物とは似ても似つかない。

なにより気になったのは、黒い魔物の頑強さだ。鋼鉄の鎧を纏《まと》ったような体で、斬撃が効かなかった。

あれは『黒のダンジョン』にいる魔物の特徴……。

そこまで考えて高橋は頭を振る。そんなことあるはずがない。赤のダンジョンに黒のダンジョンの魔物がいるなど。

黒い魔物は突然走り出し、〝強化種〟に向かっていった。

遂《つい》に頂上対決か、と思ったが、巨大なサラマンダーは切り立った崖を這《は》い上がり、安全な場所から黒い魔物を見下ろしている。

高橋は訝《いぶか》しむ。あれほど強い〝強化種〟が、戦いを避けたように見えたからだ。

頭上から炎を吐き出すものの、やはり黒い魔物には近づこうとしない。

「勝てない……と思っているのか？」

高橋には信じられなかった。実際に戦った際に感じた〝強化種〟の強さは本物。

それに対し、黒い魔物はまともに戦おうとせず逃げ回っていた。防御力は高そうだが、〝強化種〟が避けるほどの魔物ではない。

その上〝強化種〟には仲間のサラマンダーも大勢いる。この戦いは、やはり〝強化種〟が有利だろう。それが高橋の予想だった。

だが、その考えはすぐに変わることになる。

黒い魔物は右手の剣を元に戻し、悠然とたたずんだまま動かなくなった。

「……なんだ？」

高橋が眉間にしわを寄せながら見ていると、後ろから菅原も顔を出す。

「高橋くん、どうなったの？　もう終わった？」

「静かにしろ、なにかおかしい」

二人そろって戦場を凝視する。黒い魔物を囲むように百匹近くのサラマンダーがおり、頭上には崖に張りついた〝強化種〟がいる。

黒い魔物に取って明らかに不利な状況。そんな中、信じられないことが起こる。

黒い魔物の足が、ゆっくりと溶けていったのだ。高橋は思わず、「え?」と声を漏らす。

魔物の足元には黒い水溜《みずた》まりのようなものが広がり、その中に少しずつ体が入っていく。

まるで全身が溶けだし、全てが黒い液体になったかのような光景。

黒い液体は辺り一帯に拡大していく。高橋と菅原は、自分たちの目を疑った。

それは〝暗黒の沼〟のように見えた。百匹近くいたサラマンダーの足元にも沼は広がっていたが、沈む様子はない。

そして黒い液体は、巨大サラマンダーがいる崖にも伸びていく。

強化種が張りついている崖の壁面も黒く染まり、全てのサラマンダーを黒い沼が捉える形となった。

強化種を含め、サラマンダーたちは訳が分からず、キョロキョロと辺りを見回す。

高橋はゴクリと喉を鳴らした。

――なんだ、なにが起きてるんだ⁉　あの黒い魔物は一体なにを……。

そう思った刹那、黒い沼からトゲが一斉に飛び出す。

それも十や二十といった数ではない、数百、数千といった途轍《とてつ》もない数だ。

サラマンダーはトゲに体を貫かれ、おびただしい血を噴き出す。

その光景は、まるでイバラに搦《から》めとられた獣の群れ。藻《も》掻《が》けば藻掻くほどトゲは体に食い込み、致命傷を与えていく。

崖に張りついていた巨大なサラマンダーも例外ではなかった。黒い沼から伸びた無数のトゲが容赦なく体を貫き、「グガッ！」と苦し気な声を上げた。

高橋と菅原は絶句した。なにが起きているのか分からず、言葉が出ない。

やがて全てのトゲが沼の中に戻っていくと、崖に張りついていた〝強化種〟は落下し、地面に体を打ちつける。

そして百匹近くいたサラマンダーの群れは、パンッと弾《はじ》けて一匹残らず砂へと還った。

黒い魔物は、一瞬で大量のサラマンダーを殺したのだ。

生き残ったのは崖から落ちた〝強化種〟だけ。

あまりの出来事に高橋と菅原は放心していたが、広がっていた黒い沼が小さくなっていくのを見て、菅原が口を開く。

「た、高橋くん。なんなの？　なんなのあれ⁉　なにが起きたの？」

「俺に分かる訳ないだろ！　あんな攻撃をする魔物なんて聞いたこともない！」

高橋は苛《いら》立《だ》った様子で答える。菅原は「そうだよね……」と消沈し、黙り込んでなにも言わなくなった。

高橋は改めて戦場を見る。黒い沼はどんどん縮小していき、やがて小さな水溜まりほどの大きさとなった。

その水溜まりから、ゆっくりと頭部が現れる。続けて首、肩、胸と上半身がせり上がってきた。

黒い魔物が完全に姿を現すと、足先にあった水溜まりは消えてなくなる。その様子を、二人はただ見つめるしかなかった。

高橋の背中にぞわりと悪寒《おかん》が走る。

「た、高橋くん。あんな化物、この『赤のダンジョン』にいるはずないよ！　あれって、もしかして……」

「ああ、間違いない。特異な性質の魔物《ユニーク・モンスター》だ！　それも恐ろしい強さの」

二人が話している間に、地面に倒れていた〝強化種〟がゴロンと回転して起き上がった。

黒い魔物と正対し、「グルルル」と唸《うな》りながら睨《にら》み合う。黒い魔物にあんな広範囲攻撃があるのなら〝強化種〟に逃げる道はない。

高橋はそう考えたが、それは巨大サラマンダーも同じだった。

今度は逃げることなく、真正面から突っ込んで行く。相手を倒す以外に生き残る術《すべ》はないと思ったのだろう。だが――

頭からぶつかっていったサラマンダーを、黒い魔物は簡単に止め、そのあと思い切り蹴り上げた。

全長十五メートルはあろう巨大サラマンダーが軽々と宙を舞う。一定の高さまで到達すると、その後、自由落下してきた。

黒い魔物は、左手を長い剣へと変える。

強化種の巨大サラマンダーが目の前に落ちてくると、左手の長剣を横に振った。無骨な剣閃《けんせん》はサラマンダーの胴を両断し、背中に刺さった剣ごと体をまっぷたつに斬り裂く。

二つの肉塊が地面に落ち、上半身が苦し気に動いた。黒い魔物は何事もなかったかのように左手を元に戻し、地面に転がった〝強化種〟を見下ろす。

まるで虫けらでも眺めるかのような傲岸不遜なたたずまい。

――【魔王】、そんな言葉が高橋《たかはし》の脳裏を過《よぎ》る。

呻《うめ》き声を上げていた〝強化種〟は遂に力尽き、砂へと変わってしまう。それを確認した黒い魔物は何度か辺りを見回し、高橋たちがいる場所とは反対方向に走っていった。

「た、助かった～」

菅原が安堵《あんど》の声を漏らす中、高橋は立ち上がって岩陰を出る。サラマンダーたちがいた場所へ慎重に歩いていく。

「高橋くん、どこに行くの？」

菅原《すがわら》が慌ててあとを追う。高橋は黙ったまま歩き続け、巨大サラマンダーが死んだ場所で止まった。

まだ砂の残る地面にしゃがみ込み、手で砂を払う。

「高橋くん、危ないよ！　またあの黒い魔物が戻ってくるかもしれないから、早く逃げないと！」

高橋は菅原の言葉には答えず、砂の中にあった剣を手に取る。

魔宝石のついたずっしりと重い剣。中ほどで折れているが、〝強化種〟に刺さっていたもので間違いない。

「これを持っていけば、〝強化種〟は俺たちが倒したことにできる」

「じゃ、じゃあ、あの黒い魔物のことも報告するんだね」

嬉《うれ》しそうに言う菅原に対し、高橋は「バカを言うな」と鼻で笑う。

「今、特異な性質の魔物《ユニーク・モンスター》がいたなんて報告してみろ。探索隊が組まれて、俺たちも参加させられるかもしれないんだぞ。またあの魔物と戦いたいのか？」

「それは……もちろん嫌だけど。で、でも報告しないのはマズいんじゃない？」

「問題ないさ。あんな魔物、いずれ誰かに見つかるだろう。その時、勝手に討伐隊を組めばいい。俺たちには関係ない」

高橋はニヤリと笑い、持っている剣を見る。

取りあえず〝強化種〟を倒したという手柄さえあればいい。これでエルシードを出し抜き、アイザス社での評価も上がるだろう。

高橋たちは黒い魔物に出会わないよう警戒しつつ、矢作を連れてその場を離れた。

◇◇◇

「ふう……あっつい」

燦々《さんさん》と照りつける太陽の日差しを浴び、悠真《ゆうま》は神崎《かんざき》がいる階層の南側へと向かっていた。

【金属化】の能力はすでに解け、元の姿で汗を掻《か》きながら走っている。

額の汗を拭い、「みんな、どの辺にいるのかな？」と広い大地を見渡す。

赤茶けた大地が続き、その向こうに段々とした岩がいくつも並んでいた。

南側ってだけの情報で探すのは難しいのか？　と思いながら岩の上に登ると、神崎の姿はあっさりと見つかった。

リオンテックの探索者《シーカー》たちと、なにか話をしているようだ。そこには亀田《かめだ》工機の人たちもいて、神崎、田中《たなか》を含めると計九人が集まっている。

悠真は岩場を駆け下り、神崎たちがいる場所に向かう。

「社長～～」

振り返った神崎が悠真に気づくと、あからさまに顔をしかめる。

「おい、くんなって言っただろ！」

「それが……サラマンダーに追いかけられて……」

「なんだ、逃げて来たのか？　しょーがねーな。こっちに来い」

神崎は渋々悠真を呼び寄せる。

「どうなったんですか？　〝強化種〟？」

「いや、確かにデカいサラマンダーはいたんだが……」

そう言って神崎が目をやった場所にはなにもなかった。恐らく、ここでサラマンダーを倒したのだろう。

「すいません。私の早とちりでした。三メートルを超すサラマンダーがいたものですから、てっきり〝強化種〟だと思い込んでしまって……」

三メートルか、実際の〝強化種〟は十メートル以上あったけどな。と悠真は思ったが、当然口にする訳にはいかない。

「神崎さんがサラマンダーを倒してくれなかったら、我々は大きな怪我《けが》をしたと思います。本当にありがとうございました」

リオンテックの杉林《すぎばやし》が深々と頭を下げる。

神崎は、「いいってことよ。お互い様じゃねーか」と杉林の肩を叩《たた》き、ケラケラと笑う。

「私たちもすぐに駆けつけたんですが……少々来るのが遅かったようです。来たときには神崎さんが討伐したあとで……間に合わず申し訳ありませんでした」

亀田工機の女性リーダー、草野《くさの》が謝罪を口にする。すると杉林は「とんでもない！」と首を横に振った。

「来て下さっただけで充分ありがたいです！　とても感謝しています」

語気を強めて言った杉林に対し、神崎も同意する。

「確かにな。アイザスの連中なんて、今に至っても来やしねえ。あいつら今頃なにやってやがんだ？」

眉間にしわを寄せてボヤく神崎に、あっちはあっちで大変そうでしたよ。と悠真はつい言いそうになる。

いかん、いかんと頭を振り、悠真は黙ったまま話を聞いていた。その時、神崎、草野、杉林の三人が持つトランシーバーに音が入る。

「なんだ？」

神崎は腰に提《さ》げていたトランシーバーを手に取り、耳元に近づける。

『ガガッ……アイザスの……高橋だ。……今すぐ階層の中央に……集まれ。……ガガッ』

音はすぐにプツリと途切れ、それ以上うんともすんとも言わない。

「噂《うわさ》をすれば……てやつだ。にしてもあいつらなんの用だ？　こっちには全然来ないで、なにやってやがる」

神崎は怪訝《けげん》な顔をし、トランシーバーを腰に戻す。

「取りあえず行くか」

神崎の言葉に、亀田工機の草野は「そうですね。ここでは彼らが上司ですから」と言い、リオンテックの杉林も「そうしましょう」と頷《うなず》いた。

全員で岩場を歩き、階層の中央地点を目指す。悠真も大人しくあとをついて行った。

階層の中央。開けた平地まで来ると、アイザス社の三人の姿を見つけた。一人は倒れ、背の高い男はなぜかキョロキョロと辺りを警戒している。

こちらに気づいたとたん、不機嫌そうな顔で睨む。

「遅いですよ。なにしてるんですか⁉」

神崎はめんどくさそうに小指で耳をほじる。

「そっちこそなにやってたんだ？　トランシーバーで救援要請を聞いただろうが！」

背の高い男は「フン」と鼻で笑う。

「我々は〝強化種〟と戦ってたんですよ！　あなたたちが間違った〝強化種〟と遊んでる間にね。このボロボロの姿が見えないんですか？」

「なに⁉」

神崎は三人の容貌をまじまじと見る。確かに服は破れ、バトルスーツはボロボロになっていた。一人に至っては倒れたまま動かない。

神崎が「強化種は北側にいたのか？」と尋ねると、背の高い男は「ハッ」と失笑する。

「あなたたちＤ－マイナーが担当してた西側ですよ！」

「なにっ⁉　マジかよ！」

神崎は驚愕《きょうがく》する。

「西側は山の上以外全部探したんだぞ！　一体どこにいやがった‼」

「その山の上ですよ。多くのサラマンダーと一緒に〝巣〟を作ってたんでしょう。まったく、これだから中小企業は信用できない」

男は苛立《いらだ》った様子で眉間にしわを寄せ腕を組む。神崎は絶句し、田中と顔を見合わせる。

本来は大火喰鳥《おおひくいどり》の巣がある場所。そこにサラマンダーがいるなんてことは、きっと有り得ないことなんだと悠真は思った。

実際、アイザス社の三人も、強化種に遭遇したのは偶然に過ぎない。神崎を責めるのは酷というものだ。

「そんで、強化種はどうなったんだ？」

神崎が聞くと、背の高い男は薄く笑う。

「当然、我々が倒しましたよ。危うく逃げられるところでしたけどねえ」

悠真は「え？」と思った。この人たち一目散に逃げてなかったっけ？　となんだかモヤモヤした気持ちになったが、そんなこと言う訳にはいかない。

男は自慢気に〝強化種〟を倒した時の様子を語り出す。全部嘘《うそ》だった。

一流の探索者《シーカー》といっても人間性に問題がありそうだな、と思いつつ神崎の方をチラリと見ると、かなり不機嫌そうな顔で男を睨《にら》んでいた。

文句も言えず苛立っているようだ。悠真はケンカにならないかヒヤヒヤしながら黙って成り行きを見守る。

「とにかく！　この事をエルシードに報告しなきゃいけない訳だが、見ての通りこっちは重傷だ。下層に行ってエルシードの社員を呼んできてもらいたい。草野さんと杉林さん、お願いできますか？」

杉林は「も、もちろんです！」と答え、草野も「分かりました」と言って頷く。

「それと神崎さん。あなたには怪我人《けがにん》の搬送をお願いします。体が大きいんだから、それぐらいはできますよね？」

バカにしたような言い方に、神崎は今にも噛《か》みつきそうな表情をした。

だが自分のミスだと指摘されてる以上、我慢するしかない。「分かったよ」と吐き捨て、寝ている男を肩に担《かつ》いだ。

「田中さん、悠真。行くぞ！」

神崎はそのまま歩いて行ってしまう。「は、はい」と田中が返し、悠真も慌ててあとを追う。

ふと後ろを見ると、他の人たちも下層に向かい、全員で歩き始めていた。

◇◇◇

小走りで階層と階層をつなぐ洞窟を走り、きつい傾斜の坂を上がる。二十メートルほど先に明かりが見えてきた。洞窟の出口だ。

強化サラマンダー討伐の一報を聞き、石川《いしかわ》と相原《あいばら》の二人は十八階層に駆けつける。

洞窟の前、少し開けた場所で待っていたのは、アイザス社期待のルーキー高橋《たかはし》、菅原の二名だ。

石川は大股で歩きながら近づき、厳しい表情で話しかける。

「遅くなった。〝強化種〟を倒したというのは本当か？」

「ええ、そうです」

答えたのは、背の高い高橋だ。石川は当然高橋のことを知っていた。

探索者《シーカー》の仕事を始めて一年あまりでマナ指数２０００を超え、アイザス社でもホープと呼ばれる存在。

その高橋が自信を持って討伐したと言う。確かに肌やバトルスーツは煤《すす》け、ボロボロになっている。

相当激しい戦闘があったことは見て取れる。しかし――

「なにか証拠となる物はあるか？　私も上に報告しなくてはならないからな」

石川が問うと、高橋はニヤリと笑う。

「もちろん分かっていますよ。これが証拠です」

高橋は足元に置いてあったバッグから、剣を取り出した。その剣を石川の目の前に差し出す。

「これは巨大なサラマンダーの背中に刺さっていた物です。サラマンダーは砂になって消えてしまいましたが、この剣が残ったので証拠として持ってきました」

石川は剣を渡され、じっくりと見る。

「確かに……間違いないな。米沢《よねざわ》が使っていた剣だ」

「そうでしょう、いや～今回は大変でしたよ。予想以上に強い〝強化種〟でしたからね。我々もかなり苦戦してしまいました。武器は悉《ことごと》く破壊され、仲間の一人は重傷です。なあ、菅原《すがわら》」

高橋が目を向けた先には、金髪で細身の男が立っていた。高橋以上に身に付けている物はボロボロ。腕をさすりながら「ええ、まあ」と答える。

「ご苦労だった。君たちのおかげで危険な魔物を討伐することができたよ。感謝する」

「いえ、与えられた仕事を熟《こな》したまでです。礼には及びません。では我々も上に報告しなければなりませんので、これで失礼します」

高橋は軽く頭を下げ、菅原と一緒に去っていった。

その様子を石川の後ろで見ていた相原が、感心したように口を開く。

「さすがアイザス社のホープですね。こんなにあっさり〝強化種〟を倒すなんて、噂以上にできる連中のようです」

それを聞いた石川は、なんとも言えない表情をする。

「どうしたんです？　石川さん」

　怪訝な顔をした相原に、石川は持っていた剣を見せる。

「この剣……先の部分が切断されている」

　相原は剣を受け取り先端を見る。確かに刃物で切断したような切り口があり、刃が欠けていた。

「ええ、そうですね。きっとサラマンダーを倒した時に剣で斬ったんじゃないですか？　なにもおかしくはないと思いますが……」

「いや、大問題だ。この剣は米沢が愛用していたもので、オーダーメイドで作られている。材質は〝アダマンタイト合金〟だ」

「えっ!?」

　相原の顔色が変わる。〝アダマンタイト〟はダンジョン内から採掘される希少な金属。その金属を元に作られる〝アダマンタイト合金〟は世界最強の硬度を誇る。

　切断するなど、到底不可能に思えた。

「し、しかし、彼らが使う【魔法付与武装】に魔法を加えれば、あるいは……」

「ヤツらが使っている武器は〝ミスリル合金製〟。特殊な金属ではあるが、アダマンタイトと比べれば、一段も二段も劣る代物だ」

「で、では……」

「ああ〝強化種〟を倒したのはヤツらじゃない。恐らくサラマンダーごと剣を斬ったヤツがいるんだ。それが魔物なら見過ごすことはできないし、もし探索者《シーカー》だとしたら――」

石川はそこまで言って言葉を切り、改めて切断された剣に目を移す。

アダマンタイトを破壊する探索者《シーカー》など聞いたことがない。実在するなら途轍《とてつ》もない実力者だということ。

どちらにしろ、放っておく訳にはいかなかった。

「相原、このことを内々に調べてくれ」

「では、やはりアイザス社の三人が嘘をついていると？」

「間違いないだろう。ヤツらがなぜそんな嘘をついたのかも含めて知る必要がある。とは言えアイザス社と揉《も》めるのも困るからな。調査は慎重に頼む」

「分かりました」

相原は力強く答え、一礼して踵《きびす》を返す。彼に任せておけば大丈夫だろう。

石川がふと視線を向けると、どこまでも続くクリムゾンの大地に風が吹き、土埃《つちぼこり》が舞っていた。

ここでなにかがあり、あの三人はそれを隠している。

追及するほどのことではないかもしれない。しかし石川にはそれが重要なことに思えてならなかった。

今後に大きな影響を与えるような、そんな予感がしていた。

◇◇◇

神崎《かんざき》たちD－マイナーの面々は、『赤のダンジョン』の五階層まで上がって来ていた。

ここには自衛隊の救護用テントがあるため、神崎は肩に担いでいたアイザス社の矢作を救護班に引き渡す。

「よろしくお願いします」と頭を下げた神崎に対し、自衛隊員は「お任せ下さい」と言い、テントの中へと入っていった。

神崎はホッと息をつき、首にかけていたタオルで顔を拭く。

「取りあえずこれで俺たちの仕事は終わりだな。諸々《もろもろ》の報告はアイザス社の連中がやるだろうから、俺たちはダンジョンから出るとしよう」

悠真《ゆうま》と田中《たなか》は「はい」と答え、神崎と共に、さらに上の階層を目指す。

炎天下の大地を歩く道すがら、神崎は恨み節を口にする。

「にしても腹の立つヤツだったな。あのアイザス社のデカい新人《ルーキー》」

「高橋さんですね。三人の中では、リーダー的な存在じゃないですかね」

神崎の愚痴に田中が答える。

「ああ、そう！　高橋だったな。ちょっと〝マナ〟が高いからって威張りすぎなんだよ。悠真！　強くなってもあんなヤツみたいになるなよ‼」

「あ……はい」と悠真は空返事をした。

「でも、あの人たちマナ指数が２０００以上あるんですよね。２０００てなかなかいないって聞きますけど……」

悠真の言葉に、神崎は頬を掻《か》き「う～ん、まあな」と苦い顔をする。

「マナ指数２０００以上は一流かどうかを分けるバロメーターだからな。それだけのマナがありゃあ、大規模な探索者集団《クラン》にも参加できる。もっとも中小企業の探索者《シーカー》ではまずいないが」

悠真はデコボコの岩場を歩きながら「やっぱりか」と眉根を寄せる。

アイザス社の三人の実力は本物だった。もし武器さえ壊れてなければ〝強化種〟のサラマンダーを倒していたかもしれない。

そう考えると悪いことしたかな？　と思いつつ、上の階層に行くための洞窟へと足を踏み入れた。

◇◇◇

「お疲れさま。思ったより早かったね」

宿泊施設の部屋に戻って来ると、待っていた舞香《まいか》が笑顔で出迎えてくれる。

神崎は「まあ、色々あってな」とぶっきらぼうに答え、靴を雑にほっぽり出して部屋に上がった。

田中がその靴を直し、悠真と共に部屋へと入る。

三人ともあまりに疲れたため、風呂《ふろ》にも入らず、各自のベッドで泥のように眠った。

舞香は「しょうがないな〜」と言いつつ、全員が脱ぎ散らかした服を一つ一つ拾い集め、洗濯室へと持っていく。

そしてその日の夜——欠伸《あくび》をしながら起きてきた神崎や悠真、田中に対し、舞香は席に座るように促す。

三人がダイニングテーブルに腰を下ろすと、そこには豪華な夕食が並んでいた。

「おお！　すげーじゃねーか舞香。今日はごちそうだな」

神崎がはしゃぎながら言うと、舞香も嬉《うれ》しそうに口を開く。

「みんな今日はがんばってたみたいだからね。私も腕によりをかけて作ったんだ。悠真君も冷めないうちに食べてね」

「は、はい」

悠真は目の前の料理にゴクリと喉を鳴らす。

そこには大盛のチャーハンに熱々のホイコーロー、そしてチンジャオロースと餃子《ギョウザ》まで大量にあった。

めちゃくちゃ豪華な中華料理だ。こんなものまで作れるのか！　と悠真は舞香のレパートリーの多さに感心した。

悠真は手を合わせ、「いただきます！」と合掌すると、レンゲでチャーハンを口にかき込む。

もぐもぐ食べながら、今度はレンゲを箸に持ち替え、餃子にも手を伸ばす。

口の中はパンパンになり、噛《か》んだものが今にも口から飛び出しそうになる。

「悠真君、そんなに慌てなくてもいっぱいあるから……」

舞香は苦笑するが、神崎は凄《すさ》まじいペースで大皿の料理を食べまくっている。油断していると、おかずを全部食べられるかもしれない。

「あわへへまへん！　大丈夫へひ」と言い、さらにチャーハンをかき込む。

舞香は「まったく」と呆《あき》れたが、悠真は食べるペースを上げ、口にホイコーローを詰め込んだ。

そんな悠真がチラリと目を向けると、隣では田中が相変わらずマイペースでチマチマと食事を取っている。

やっぱりおかしい。見た目だけならこの人が一番食べそうなのに。と悠真は田中の謎の生態に首をかしげるが、「いかん、いかん。それどころじゃない！」と食事のペースをさらに上げた。

悠真と神崎がよく分からない競争を繰り広げている中、つけっ放《ぱな》しのテレビを見ていた舞香が「あっ」と声を上げる。

「あの人って、アイザス社の人じゃない？」

神崎と悠真の手がピタリと止まり、二人ともテレビに視線を向ける。

そこにはインタビューを受ける高橋《たかはし》の姿があった。顔にガーゼを貼っているが、比較的元気そうだ。神崎と悠真は思わずテレビに釘付《くぎづ》けになる。

『今回活躍されたアイザス社期待のホープ、高橋さんに来てもらいました。お疲れのところ申し訳ありません』

『いえ、ダンジョンの安全性を近隣住民のみなさまにご理解頂くのも、我々探索者《シーカー》の務めですから』

テレビを見ていた神崎は「ケッ」と声を出す。

「なにが『近隣住民のご理解』だ！　そんなこと考えたこともねーだろーが」

神崎は腹立たしそうに毒づくと、ビールジョッキを呷《あお》り、ゴクゴクと飲み干してしまう。

悠真は「荒れてるな～」と思いつつ、テレビに視線を戻した。

『すごく強い魔物と戦ったと聞きました。大丈夫だったんでしょうか？』

『ええ、確かに特殊な魔物が現れて戦闘になりました。我々は武器も破壊され、怪我《けが》も負いましたが、なんとか倒すことができました。他の人たちに被害が広がらなかったのは、不幸中の幸いだと思います』

話を聞いていたリポーターは『そうなんですね～』と、ちょっとうっとりした様子だ。

これだからイケメンは、と悠真は嫌な気分になったものの、武器を壊したのが強化種ということになったので「よし！」と小さくガッツポーズをした。

これで正体がバレても賠償しろなんて言われないかもしれない。

悠真は一番の心配事が解決したと思い、安堵《あんど》の息を吐く。

『では高橋さん。テレビをご覧の視聴者に、なにか一言お願いします』

リポーターに促された高橋は、髪をかき上げカメラを見る。

『ダンジョンにどれだけ強力な魔物が出ようと、我々が命を賭けて討伐します。まだまだダンジョンが危険と思われている住民の方もいらっしゃると思いますが、どうか安心して下さい。我々を……アイザス社を信用して頂ければ』

ニカリと白い歯を見せた高橋に対し、神崎の苛立《いらだ》ちはピークを迎える。

「だああ、気分が悪い！　消せ、消せ、そんなテレビ‼」

怒りを露《あらわ》にする神崎に、舞香は「はいはい、分かりました」と言い、リモコンを取ってテレビを消す。

神崎はしかめっ面《つら》のまま、チャーハンを頬張った。

食卓にピリピリとした空気が流れる中、舞香が「そうだ！」と手を叩《たた》く。

「明日の予定。まだ悠真君に話してなかったね」

「え？　明日ですか？　帰るって思ってましたけど……」

「うん、そのつもりだったんだけど、エルシードの仕事が思いのほか早く終わったからね。もう少しだけ〝魔宝石〟を集めることにしたの」

悠真の胸が高鳴る。

「そうなんですか？　じゃあ今度こそ――」

「ふふ、そうだね。悠真君、まだ魔宝石の採取ができてなかったから、明日こそがんばって集めようね」

「はい！」

悠真は、自分だけ魔宝石を手にできなかったことを気にしていた。それだけに、次こそ絶対手に入れてやる！　と大いに意気込む。

神崎はそんな悠真を見て「まあ、そんなに気負わなくていい」と声をかけ、持っていたビールジョッキを豪快に傾け、ガンッとテーブルに置く。

「お前はまだまだルーキーなんだ。最初のうちは結果が出なくても焦《あせ》んじゃねーぞ、コツコツ自分のペースでやってけばいい」

「分かりました！」

やさしい言葉ではあるが、やはり結果は早く出したい。給料をもらうんだから、それに見合った仕事をしないと。

悠真がそんな事を考えていた時、テーブルに置いていた神崎のスマホが鳴る。

「ん、なんだ？」

神崎はスマホを手に取り、すぐに画面を確認した。

「石川からだ」

「え、石川さん？　どうしたんだろう、こんな時間に」

舞香が不思議そうに言う。

神崎《かんざき》は立ち上がり、「おう、なんだ」と電話に出て別の部屋に行ってしまった。

なにか仕事上のトラブルだろうか？　と悠真は思ったが、今のうちに料理を食べておかないと！　と考え、大皿に残った餃子に箸を伸ばした。

◇◇◇

『ダンジョンでポカをやったんだって？　お前らしくもない』

「なんだ、わざわざそんな事を言うために電話してきたのか？　エルシードの現場責任者ってのは暇みてーだな」

神崎はベランダに出て柵に寄りかかる。ポケットからタバコを取り出し、一本咥《くわ》えて火をつける。

暗くなった〝探索者《シーカー》の街〟を見ながら、静かに煙を吐き出した。

『いや、リオンテックの杉林《すぎばやし》さんが感謝してたよ。危ないところを助けられたってな』

「人助けなんかしても自分の仕事ができてなきゃ意味がねえ。俺の持ち場に〝強化種〟がいたのに発見できなかったんだ。完全に俺のミスだよ」

神崎は煙をくゆらせながら遠くを眺める。ポツリポツリと明かりは灯《とも》っているが、普通の街ではないため、夜になればかなり寂しい景色となる。

『大火喰鳥《おおひくいどり》がいる山頂にいたんだろ？　そんなところにいたんなら俺でも発見できんよ。今回はイレギュラーすぎた』

「しかしアイザスの連中は見つけて討伐した。腹は立つがヤツらの実力は本物だ。認めるしかねえ」

『フフ……さあ、それはどうかな』

「なんだ、その含みのある言い方は？　なにかあるのか？」

『いや、なんでもない。それよりもう帰るのか？　エルシードの依頼は今日で終わったことになるが……』

「そのつもりだったんだが、もう一日ダンジョンに潜ることにした。せっかく来たからな、稼げるだけ稼がねーと」

『そうか、そんなに深い階層には行かないと思うが気をつけろよ。最近このダンジョンで異変が多くなってるからな』

石川の声のトーンが一段低くなる。

「なんだ？　ダンジョンがおかしいって噂《うわさ》は聞いたことはあるが、本当なのか？」

『ああ、本当だ。各階層の〝マナ濃度〟が少しずつ上昇してるとの報告がある。今は微々たるものだが、念のため調査隊が下層に行ったんだ』

「調査隊？　そんなことしてたのか」

『今のところなにも分かってないが、恐らくこの異変は一時的なものじゃない』

「今回みたいなことがまた起こるってのか？」

『ハッキリしたことは分からんな。だがその可能性はあるだろう。なんにしろ元同僚からの忠告だよ。お前が気にするとは思えんが』

「ふん、一応覚えてはおく。用件はそれだけか？」

『ああそうだ。遅い時間に悪かったな。じゃあ』

電話はプツリと切れた。神崎はスマホをポケットにしまい、タバコをひと吸いしてから足元に落とし踏み潰す。

赤のダンジョンは重要な仕事場。そこが危険になるのはＤ－マイナーに取って死活問題だった。

本当にマナの濃度が上がってるのか？　強化種のような魔物がまた現れるのか？

「まあ……俺が考えても仕方ねーか」

神崎は吸い殻を拾い上げ、窓を開けて部屋へと戻った。

◇◇◇

同刻――東京にあるＳＴＩ女子寮の部屋に、楓《かえで》の姿があった。

レポートを書くため机に向かい、ワイヤレスイヤホンを耳に付け、スマホで音楽を聞いていた。

楓はふと自分が着ている服に視線を落とす。

就寝時間が近かったため、施設指定のジャージを着ていたが、このジャージがとにかくオシャレではない。

くすんだ緑色で、よく分からない所に白いストライプが入っている。

女子の間ではすこぶる評判が悪かったが、同じ物を着ている男子は特に気にしていないらしく、ルイに至っては「そう？　普通だと思うけど」と言う始末。

楓は小さな溜息《ためいき》をつく。服のデザインに不満はあるものの、文句を言う訳にもいかない。

気にせずレポートを書かなくては、と思いボールペンを手に取った時、ドタドタと廊下を走る音が聞こえてくる。

「おい楓！　テレビ見たか、テレビ！」

同じ緑のジャージを着た神楽坂《かぐらざか》が、突然、部屋に飛び込んできた。楓は驚いてビクッと肩を震わす。

「ど、どうしたの神楽坂さん？　こんな時間に」

楓と神楽坂は部屋が違うため、普段は共有スペースでしか会うことはない。この部屋にまで来るのは珍しい。

「これだよ、これ。このニュース！」

神楽坂は手に持ったスマホを見せてくる。それはダンジョンに関するニュース動画のようだった。

「赤のダンジョンでデッカイ魔物が討伐されたらしいんだけど、怪我人《けがにん》も出たんだって。この前、三鷹《みたか》がここに行くって言ってたろ？」

「え!?」

楓はドキッとする。確かに数日前、悠真《ゆうま》と交わしたメールに茨城の『赤のダンジョン』に行くと書いてあった。

そのことを神楽坂に伝えたのは覚えているが、まさか怪我人って……。

「なあ、三鷹に連絡してみろよ。私は連絡先知らないからさ、楓に頼もうと思ってここに来たんだ」

「う、うん。そうだね」

楓はスマホを操作し、登録された悠真の番号を出す。タップしようとした瞬間、ピタリと指を止める。

「どうした？　楓」

神楽坂が怪訝《けげん》な顔で聞いてくる。

楓はフルフルと首を振り、「やっぱりやめた」と言って神楽坂を見る。

「だって、悠真みたいな新人、そんな危ない所に行くはずないよ」

「まあ、そりゃそうかもしれないけど……」

「それに、悠真が仕事中は連絡しないって決めてるんだ。邪魔したくないから」

「なんだ楓、意外に冷たいんだな。三鷹が心配じゃないのか？」

その言葉を聞いた楓は「ふふふ」と笑い出す。

「な、なんだよ。どうした？」

神楽坂は戸惑ったように眉をひそめる。

「だって、神楽坂さんが悠真のこと、心配で心配で仕方ないって感じに見えたから」

「バ、バカ言うな！　私は友達としてだな、気になったから言ってるだけで……」

顔を真っ赤にして怒る神楽坂に、楓は「はいはい」と宥《なだ》める。確かに、心配じゃないと言えば嘘《うそ》になる。

それでも悠真ならきっと大丈夫。楓はそう信じようと思った。

◇◇◇

翌日——悠真は『赤のダンジョン』、十階層にいた。

「さあ、今日こそ【火モグラ】を倒して魔宝石をゲットしようね！」

棍棒《こんぼう》を肩に乗せた舞香《まいか》が、明るく檄《げき》を飛ばす。

「わ、分かりました！」

悠真は緊張気味に答え、手に持ったピッケルを見る。今度こそ、あのムカつくモグラを叩《たた》きのめして魔宝石をドロップさせてやる！

悠真が鼻息荒く意気込んでいると、六角棍《こん》を肩に乗せた神崎が声をかけてくる。

「じゃあ、俺と田中《たなか》さんは下に行ってくる。あとは頼んだぞ、舞香」

「うん、行ってらっしゃい。気をつけてね」

神崎と田中は下層へと向かい、十層には悠真と舞香だけが残された。

「よし！　始めようか、悠真君」

「はい！」

悠真は先日と同じように、地面に盛り上がった所がないか入念に探す。するとポッコリ土が盛り上がった場所を見つけた。

「あった！　よーし……覚悟しろよ火モグラ‼」

悠真は両手にペッペッと唾を吐き、ピッケルの柄を握り締める。思いっきり振り上げると、そのまま地面に叩きつけた。

驚いた火モグラがピョンッと飛び出す。

「もらった‼」

悠真はピッケルを構え、野球のスイングのように横に振る。完全に当たった！　と思った瞬間、ヘッドはスカッと空を切る。

「あれ⁉」

間の抜けた声を出す悠真に対し、火モグラは地面に着地するやいなや、一気に駆け出し向かってきた。

強烈な頭突きが悠真の脛《すね》に炸裂《さくれつ》する。

「あぎゃ⁉」

悠真は悶絶《もんぜつ》し、膝を折って地面にしゃがみ込む。その隙に火モグラは飛び上がり、悠真の目前にきた。

――ま、まさか⁉

火モグラの口から豪快な炎が吐き出され、悠真の顔が火に包まれる。

「だあああああああああああ‼」

地面を転げ回り、頭を叩いてなんとか火を消す。

「だ、大丈夫⁉　悠真君！」

心配して舞香が駆けつけて来る。またしても先日と同じ展開。舞香にかっこいいところを見せようとした悠真は、顔を真っ赤にして怒り出す。

「この野郎～！　絶対赦《ゆる》さねえからな‼」

悠真はチリチリの髪のまま、ピッケルでモグラを叩きまくった。その攻撃を軽々とかわし、モグラは嘲笑《あざわら》うかのように穴の中に消えてしまう。

キ――――ッと癇癪《かんしゃく》を起こした悠真は、その後もモグラ討伐を続けた。

そして八時間ほどが経《た》った頃、下層に行っていた神崎《かんざき》たちが帰ってくる。

「おう、それなりに採取できたぞ」

神崎はバッグを下ろし、中に入っている黒いケースを取り出した。フタを開けると赤い宝石がいくつも入っている。

色味や大きさは違うものの、間違いなく〝赤の魔宝石〟。

神崎と田中は一日をかけ、多くの魔宝石を入手していた。

時価にすれば二百万はくだらないと言う。舞香も二十個近い魔宝石を魔物からドロップさせていた。

こちらも十数万円の利益にはなるようだ。

それに対し、悠真はと言うと――

「俺……これだけしか集められませんでした」

悠真がポケットから取り出した魔宝石は、わずかに三つ。それも小さな物ばかり。

「充分すごいよ、悠真君。まだ初心者なのに火モグラもいっぱい倒したし、三つも魔宝石をゲットしたんだから！　大したもんだよ」

舞香は明るく励ましてくれるが、三つ合計でも一万数千円程度。他の人たちとは雲泥《うんでい》の差だ。

ダンジョンから宿泊先に戻る道すがら、神崎に肩を叩かれる。

「まあ、そんなに気を落とすな！　明日は会社は休みにするからよ。明後日《あさって》からはまた『青のダンジョン』でマナ上げだ。当面はそっちに専念すればいい」

「は、はあ……」

また明日からビチョビチョのカエル三昧か。と悠真は陰鬱な気分になったが、仕事なので仕方ないと気持ちを切り替える。

「よ――し！　仕事も終わったことだし、今日は飯食って飲むぞ――‼」

「ちょっとお父さん！　車で帰るんだから、お酒はやめてよね！」

「なんだと⁉　大変な仕事をやり切ったんだからいいだろうが！」

酒を飲む飲まないで、神崎と舞香が揉《も》め始めた。ヒートアップしていくのでオロオロする悠真だったが、田中は穏和な表情で「まあまあ」と二人を宥《なだ》める。

「僕はお酒飲まないから、運転は僕がするよ。社長は気兼ねなく飲んで下さい」

「おお！　田中さん、分かってるね。よーし、居酒屋行くぞ。居酒屋！」

結局、気を良くした神崎と共に〝探索者の街《シーカー》〟にある飲食店に繰り出すことになった。


「かんぱ――――い！」

一人しか酒を飲まない神崎は自分の持つビールジョッキを嬉《うれ》しそうに上にかかげ、グビグビと喉に流し込む。

「ぷは――、最高だな。お前らも遠慮せず、食え、食え！」

舞香は呆《あき》れた顔で「ほどほどにしてよ」と釘《くぎ》を刺していた。

悠真は悠真で、目の前にあるご馳走《ちそう》に喉を鳴らす。刺身の盛り合わせに、寿司《すし》に、鍋に、焼肉に、よりどりみどりだ。

悠真たちが入った店は〝探索者《シーカー》の街〟で一番大きな居酒屋〝やまやまダイニング〟。広い店内は仕事終わりの探索者《シーカー》たちで賑《にぎ》わい、活気に満ちていた。

どれを食べようか箸を迷わせる悠真に、酒を飲んで気分を良くした神崎が声をかけてくる。

「悠真、どうだった？　深層のダンジョンは『青のダンジョン』とは違うだろう」

「あ、はい！　特に〝迷宮の蜃気楼《しんきろう》〟には驚きましたね。深いダンジョンは、全部あんな感じなんですか？」

マグロの刺身を食べながら尋ねると、神崎はジョッキを一気に傾けビールを飲み干した。空になったジョッキをコースターの上に置き、満足気な表情を浮かべる。

「まあ、全部って訳じゃねーな。ダンジョンによって特徴が違うから、〝迷宮の蜃気楼〟が起きない所だってある」

「日本にある深層のダンジョンって、この『赤のダンジョン』だけなんですか？」

「いや、もう一つ横浜にある『黒のダンジョン』が深いな。確か百階層ぐらいあったはずだけど、人気のねーダンジョンだからな。探索者《シーカー》が入ることはほとんどねえ」

赤のダンジョンが百八十階層なのは本を読んで知っていた。確か〝深層のダンジョン〟の定義は百階層以上。

つまり『黒のダンジョン』はギリギリ深層のダンジョンということらしい。

まあ、金にならない魔鉱石しか出てこないんだから、人気が無いのは当然か。と考える一方、悠真は気になることがあった。

「そう言えば、ダンジョンの階層ってどうやって調べてるんです？　最下層まで辿《たど》り着《つ》けないダンジョンだってあるのに」

「ああそれな。俺も昔、気になって調べたことがあったんだ。なんかボーリング調査ってのをやってるみたいだぞ」

神崎は目の前にある肉を豪快に頬張り、ムシャムシャと満足そうに食べていた。

「ボーリング調査？」

「ん……ああ、ちょっと待て」

口に残った肉を飲み込み、神崎は話を続ける。

「まあ、俺も詳しく知ってる訳じゃねーがな。ダンジョンの横の地面を、ものすげー深さまで掘削して地盤や地層を調べるんだとよ。それでダンジョンの階層が大体分かるんだそうだ」

「へー」

深い所なら何百、何千メートルと掘らなきゃいけないだろうに。悠真《ゆうま》はそんな仕事をしている人たちに感心する。

「じゃあ、世界で一番深いダンジョンって言うと……」

「そりゃ～もちろん、イスラエルにある白のダンジョン、『オルフェウス』だろう」

「オルフェウス……」

聞いたことはある。単に深いだけのダンジョンではなく、色々な遺跡が産出する特別な場所だと。

「あそこは確か三百階層以上あったはずだ。まあ、百階層ぐらいまでしか進めてないみたいだけどな」

神崎は枝豆を摘まみながら、追加注文したビールを手に取る。

「深層のダンジョンは分からないことだらけだ。『赤のダンジョン』だって八十二階層までしか探索者《シーカー》は足を踏み入れてない。それ以上先には強力な魔物である〝竜種〟がいるからな」

「竜種ですか……深いダンジョンにいるって聞きますけど」

「まあ、そうだな。百階層以上のダンジョンには竜種は必ずいるって言われてるが、そんな所まで行かねえ俺たちには関係ねぇ」

神崎はジョッキを傾け、ビールを喉に流し込む。満足そうにフーッと息を吐き、顔を赤くする。

悠真はせっかくの機会だと思い、神崎に色々聞いてみることにした。

「オルフェウス以外で有名なダンジョンって、どんなのがあるんですか?」

「有名なダンジョン?　そうだな」

神崎は枝豆を食べながら、う〜んと記憶の糸を辿る。

「アメリカの黄色のダンジョン『FD2』。インドの緑のダンジョン『ドヴァーラパーラ』。ロシアの赤のダンジョン『スヴァローグ』。チリにある青のダンジョン『トラロック』。有名なのはこの辺りか……どれも二百階層を超えてる」

そんなダンジョンがあるんだな、と思いながら悠真は運ばれてきた唐揚げに箸を伸ばす。

「そう言えば――」

相変わらずチマチマと鍋を突《つつ》いていた田中《たなか》が声を上げる。

「南極にもありますよね。氷のダンジョン。青のダンジョンの一種って言われてますけど、寒すぎて進むのが難しいって聞きますし」

「ああ、あったな!　あれも深層のダンジョンか」

「確か百九十階層はあったと思いますよ」

「珍しいダンジョンなんですか?」

初めて聞くダンジョンに、悠真は思わず身を乗り出す。

「まあね、南極で見つかったのはそれだけで、〝迷宮の蜃気楼〟も発生しないし、見渡す限り氷に覆われてるって話だよ」

「へ～、世界には変わったダンジョンがあるんですね」

悠真が感心していると、田中が「まだまだ、一杯あるんだよ！」と嬉しそうに話し出す。

どうやらこの手の話が好きらしい。

「階層全部が溶岩に覆われてたり、中が迷路のように入り組んでたり、あるいは探索者《シーカー》に女性の幻を見せたりするダンジョンもあるんだって、おもしろいよね」

楽しそうに話す田中に、神崎も「そう言や、そんなのもあったな」と少し酔っ払いながらケラケラと笑っていた。

「でも一番珍しいと言えばアレじゃないかな」

「なんですか？」

悠真が興味深そうに聞くと、田中はフフフと笑い出す。

「エレベーター式ダンジョンだよ」

「エ、エレベーター式ダンジョン？」

よく分からないネーミングが出てきて、悠真は困惑する。

「まあ、これは噂話《うわさばなし》で本当にあるかどうか分からないんだけど、一説ではイギリスで発見されたって言われてるんだ」

「どんなダンジョンなんですか？」

「ある探索者《シーカー》がね。森の中で小さな洞窟を見つけたんだ。中には魔物がいて、すぐにダンジョンだということは分かったんだけど、そのダンジョンは普通のものと違ってたんだ」

「違ってた？」

「普通は洞窟の中に下層に繋《つな》がる入口があるでしょ？　でもそのダンジョンには無かったんだよ。魔物を倒してしまえば何もいなくなる。そうなると本当にダンジョンかどうかもあやしいじゃない」

「え、ええ、そうですね……」

悠真はなにか背筋にぞくりとするものを感じた。

「探索者《シーカー》が不思議に思っていると翌日、また魔物が現れたんだ。一日で復活したなら間違いなくダンジョンだ。探索者《シーカー》は魔物を全部倒して様子を見ることにした」

神崎《かんざき》や舞香《まいか》が料理に舌鼓《したつづみ》を打つ中、悠真だけは田中の話に聞き耳を立てる。

「翌日もまた魔物が現れ、その翌日も。探索者《シーカー》は日が進むにつれ、魔物が強くなっているように感じていた。そんなことを十八日間続けていると、突然すごく強い魔物が現れたんだ。灰色熊のように大きく獰猛《どうもう》な牙を持つ魔物。自分だけでは勝てないと思った探索者《シーカー》は仲間を引き連れて戦ったんだ」

「そ、それでどうなったんです？」

悠真は前のめりになって尋ねた。

「見事魔物を倒すことができたんだ。だけど本当に不思議なのはここからなんだよ。その翌日、なんとダンジョンは消えて無くなってたんだ！」

「無くなった⁉」

「そう、ダンジョンが消える理由は一つしかない。最下層にいる魔物を倒した時だけ消えて無くなる。それがダンジョンの特徴だからね」

悠真は戦慄する。それは自分の家の庭にできた『極小ダンジョン』そのものだ。

あれはエレベータ式ダンジョンだったのか⁉

「つまりこのダンジョンは、階層の魔物を倒すごとに一層ずつ階が上がってたんじゃないかって考えられたんだ。ダンジョンは十八階層で、最後の階層にいた魔物を倒したことでダンジョンが消えてしまったってね」

悠真は黙り込んだ。もしその話が本当なら、自分はとんでもない思い違いをしていたことになる。

「ははは、懐《なつ》かしい与太話だな。探索者《シーカー》の間に出回ってる噂だよ！」

泥酔《でいすい》し始めている神崎が笑い飛ばす。田中も「そうそう、噂話にすぎないけどね」と笑っていたが、悠真は聞き流すことができなかった。

◇◇◇

真っ暗になった国道16号を進み、狭い路地に入る。

悠真たちは、田中が運転するジープに乗り〝探索者《シーカー》の街〟から千葉まで戻ってきていた。時刻は午後十時を回っている。

「あー、疲れた。じゃあ田中さん、悠真のこと頼んだぞ」

「はい、任せて下さい」

神崎と舞香が車を降り、自宅へと帰っていく。

それを見て田中はバックで車を出し、アクセルを踏んで車道へと進む。

「すいません、田中さん。わざわざ送ってもらって」

「なーに、かまわないよ。僕も自宅は東京だからね、帰るついでみたいなもんだよ」

ニコニコ笑いながら田中はウインカーを出して、交差点を右折する。

旧水戸街道《みとかいどう》を通って国道6号に入り、東京に向かって南下してゆく。その間も田中は気

Dungeon

さくに話しかけてくれた。

田中と二人っきりでこんなに話すのは初めてだが、改めて思いやりのある先輩だなと、悠真はその気遣いをありがたく思う。

家に到着する頃には深夜を回っていた。悠真は車を降り、運転席を覗《のぞ》き込む。

「ありがとうございました。田中さん、遅い時間なのにすいません」

「いいよ、いいよ。悠真君、また明後日《あさって》ね。おやすみ」

「おやすみなさい」

悠真はバタンとドアを閉め、走ってゆく車を見送った。自宅に入ると、まだリビングの電気がついている。

もう両親は寝ていると思っていたが、台所を覗くと母親が食器を洗っていた。

「ただいま、まだ起きてたの？」

「ああ、悠真。帰ったのね」

母親はハンドタオルで手を拭き、いつもと変わらない笑顔を向けてくる。

「どうだった、仕事の方は？」

「大丈夫だったよ。ちょっと疲れたけど」

「そう、明日は休みなんでしょ？　今日はゆっくり休みなさい」

「うん、そうするよ。じゃあ、おやすみ」

「ええ、おやすみなさい」

階段を上りながら、ひょっとして俺が帰るのを待ってたのかな？　と思いつつ、自分の部屋に入ってすぐに荷物を下ろす。

一息ついたあと、机の引き出しを開けて中にあるノートを取り出した。

「確かこれだよな……」

椅子に座りノートを開いて、パラパラとページをめくる。

金属スライムが出てきてしばらくの間、悠真《ゆうま》はノートに日付やその時の様子を記録していた。

すぐに飽きてやめてしまったが、最初に討伐した日付は分かる。

「あった……初めて金属スライムが出てきたのは……一昨年《おととし》の八月二日」

そして馬鹿デカイ親玉スライムが出てきたのは、去年の九月十九日。悠真はカレンダーを確認する。

一日も欠かさず行った金属スライムの討伐。

もし本当に一匹倒すごとに階層が一つ上がっていたなら、あの小さなダンジョンはとんでもない深さだったことになる。

カレンダーで確認した日数を電卓で足し合わせた。示された数字に悠真は息を呑む。

「413日……413階層」

世界でもっとも深いダンジョンと言われている『オルフェウス』でさえ300階層ほど。

だとしたら——

「あの小さな穴が……世界最深度のダンジョン‼」

エピローグ　回り出す運命の歯車

家に戻った社長の神崎は、冷蔵庫から缶ビールを取り出し、寝しなに一杯やるつもりだった。

「お父さーん、ちゃんとお風呂《ふろ》入ってよ！」

「分かってるよ」

荷物を片付けながら娘の舞香が口うるさく言ってくる。一体誰に似たんだか、と思いながら神崎はプシュッと缶ビールを開ける。

ゴクゴクと喉に流し込み、ソファーに座ってリモコンでテレビをつけた。

ゆっくりしようとしていた時、テーブルに置いたスマホが鳴る。なんだこんな時間に、と怪訝《けげん》な表情になりながらスマホを見ると、相手はアイシャだった。

「おう、どうした？　こんな時間に」

『ああ……すまないな鋼太郎《こうたろう》。ちょっと急ぎの話があってな』

「なんだ、急ぎの話って？」

『電話では言いにくい。今から研究所に来てくれないか？』

「はあ⁉　お前、ふざけてんのか？　もう深夜だぞ！　こっちは仕事から帰って来たばっかりで疲れてんだ」

『そうか……だが、どうしても来てもらいたい。ダメか？』

アイシャがそんなことを言ったのは初めてだったため、神崎は戸惑った。

「明日じゃダメなのか？　今、車が無いから行けねーんだよ」

『できれば早い方がいい。タクシー代は私が出すから、すぐに来てくれ』

長い付き合いだけに只事《ただごと》ではないことは分かった。神崎はハァ～と溜息《ためいき》をつき、少し時間がかかるぞ、と念を押す。

それでも構わないと言われたため、神崎は渋々腰を上げた。

「舞香、ちょっと出かけてくる」

「え⁉　今から？　どこいくの」

「アイシャの所だ。朝までには戻る」

「ええ、ちょっとお父さん！」

舞香が慌てて玄関を覗くと、父親はすでにドアを開けて外に出ていた。

◇◇◇

時刻は午前三時。タクシーを拾って東京都大田区までやってきた神崎《かんざき》は、頭をボリボリと掻《か》きながら車を降りる。

結構な金がかかってしまった。帰りは始発の電車で帰ろうと思い、運転手に金を支払い行ってもらう。

家でのんびりしようと思っていたのに、とんでもない目にあった。そう考えた神崎は不機嫌な表情のまま、トタンでできた研究所に入る。

「おい！　来てやったぞ‼」

神崎はいつもアイシャが使っている部屋の扉を乱暴に開けた。部屋に灯《あか》りはついておらず、暗い室内にはパソコンの明かりだけが漏れている。

アイシャはパソコンの前に足を組んで座り、缶コーヒーを啜《すす》っていた。

神崎は部屋の電灯のスイッチを入れる。何度も来たことのある場所だけに、どこになにがあるのかぐらいは把握していた。

パチパチと電灯がつき、部屋全体が明るくなる。

アイシャは神崎に背を向けたままパソコンの画面を眺めていた。

「なんなんだ、用って？」

「…………三鷹《みたか》のことだ」

「三鷹？　悠真のことか。悠真がどうした？」

神崎は三日前、悠真の身体検査をやっていたことを思い出す。

「まさか、なにか病気でもあったのか⁉」

「いや……至って健康だよ」

「なんだよ、ビックリさせやがって！　じゃあなんだ⁉」

「前にマナ指数を測ったのを覚えているか？」

「ん？　ああ、あのバカデカイ機械でだろ。覚えてるよ」

「その結果が出たんだ」

「そうなのか……で？　あったのか、マナ指数？」

神崎がそう聞くと、アイシャは飲んでいた缶コーヒーを机に置き、椅子を回して神崎と向かい合う。

「結論から言えば、あったよ〝マナ〟は」

「おお、そうか！　やっぱりあったか。そうだよな、ずっとマナが上がらないヤツなんている訳ねーよな」

神崎は嬉《うれ》しそうに微笑《ほほえ》み、「で、いくつだった？」とアイシャに尋ねる。

だがアイシャは深刻な顔をして黙り込む。神崎が、どうしたんだ、と訝《いぶか》しんでいると小さな声で呟《つぶや》いた。

「…………46万5200」

「ん、なに？」

「三鷹悠真のマナ指数だ。端数《はすう》もあるが、どうでもいいだろう。46万を超えている」

「は⁉　お前、なに言ってんだ？」

突然訳の分からないことを言い出したアイシャに神崎は困惑する。しかし、アイシャは至って真面目な顔で話を続けた。

「私のマナ測定器で測ったんだ。数値に間違いはない」

「バカ言ってんじゃねぇ、機械が壊れてるだけだろう！　46万⁉　世界最強の探索者《シーカー》、『炎帝アルベルト』でもマナ指数は8200程度だぞ。寝ぼけてんじゃねーのか？」

「装置は正確だ。私の目がおかしくなければ――」

アイシャは立ち上がり神崎を睨《にら》みつける。

「三鷹悠真は、世界最大！　桁違《けたちが》いの『マナ』保有者だ‼」

あとがき

金属《きんぞく》スライムの第二巻を手に取って頂いた読者様、ありがとうございます。一巻を買って下さった読者様のおかげで、また『あとがき』を書く機会を頂けたことに感謝しております。

さて、今回も悠真《ゆうま》くんは相変わらず酷《ひど》い目にあっておりますが、読者様の中には「なんで主人公は強いのに、就活なんてしなきゃいけないんだ！」と、立腹される方がいるかもしれません。

それに対する筆者の答えは実にシンプルです。

――世の中なんてそんなもの、現実はうまくいかないことばかり。

です。現実の世界では、ケンカが強いだけでなにもかもがうまくいく、なんてことはありません。だったらボクサーになればいいじゃないか！　もっともな意見です。

しかし、悠真くんが暮らす世界において、特殊な力を振るう場所はダンジョンの中にしかありません。そのダンジョンに入るためには会社に就職しなければならない。

つまり悠真くんに取っての『リング』は、就職した先にしかないのです。

そんな悠真くんは、ややブラック（かなりブラック？）な企業に入り、そこで様々な人たちに出会います。

豪放磊落《ごうほうらいらく》な神崎《かんざき》社長、その娘の舞香《まいか》、やさしい先輩の田中《たなか》さん。そして『マッドサイエンティスト』のアイシャ・如月《きさらぎ》博士などです。

特にアイシャ・如月は筆者のお気に入りのキャラクターで、活躍を楽しく書いておりました。

しかし、WEB版ではこのアイシャのイメージが悪かったらしく、非難轟々《ごうごう》。

まさかこんなに嫌われるとは……と青ざめたことを覚えております。そのため書籍版にする時は、ちょっと大人しいキャラクターにしようかとも思ったのですが、いやいやいや、そんなことをすればアイシャさんの良さが死んでしまう！

と思い直し、マッドな部分をより強調して書こうと決めました。

次巻があれば（なかったらゴメンなさい）、そんなアイシャさんの狂気的な活躍をお見せできると思いますので、ご期待下さい。

温泉《おんせん》カピバラ

お便りはこちらまで

〒一〇二ー八一七七
ファンタジア文庫編集部気付
温泉カピバラ（様）宛
山椒魚（様）宛

富士見ファンタジア文庫

金属《きんぞく》スライムを倒《たお》しまくった俺《おれ》が【黒鋼《くろがね》の王《おう》】と呼《よ》ばれるまで2

～金《きん》スラしか出《で》ない極小《ごくしょう》ダンジョンの攻略者《こうりゃくしゃ》～

令和5年9月20日　初版発行
令和6年9月20日　再版発行

著者――温泉《おんせん》カピバラ

発行者――山下直久
発　行――株式会社KADOKAWA
〒102-8177
東京都千代田区富士見2-13-3
0570-002-301（ナビダイヤル）
印刷所――株式会社KADOKAWA
製本所――株式会社KADOKAWA

※定価はカバーに表示してあります。
●お問い合わせ
https://www.kadokawa.co.jp/（「お問い合わせ」へお進みください）
※内容によっては、お答えできない場合があります。
※サポートは日本国内のみとさせていただきます。
※Japanese text only

ISBN978-4-04-075141-2 C0193　◆◇◇

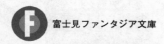

天上優夜《てんじょうゆうや》
異世界で
レベルアップした結果、
最強の身体能力を
手に入れた少年
この少年
すべてが
シリーズ好評発売中！

チートすぎる

異世界でチート能力《スキル》を手にした俺は、現実世界をも無双する

～レベルアップは人生を変えた～

I got a cheat ability in a different world, and became extraordinary even in the real world.

著：美紅
イラスト：桑島黎音

幼い頃から酷い虐めを受けてきた少年が開いたのは『異世界への扉』だった！　初めて異世界を訪れた者として、チート級の能力を手にした彼は、レベルアップを重ね……最強の身体能力を持った完全無欠な少年へと生まれ変わった！　彼は、2つの世界を行き来できる扉を通して、現実世界にも旋風を巻き起こし――!?　異世界×現実世界。レベルアップした少年は2つの世界を無双する！

ファンタジア文庫

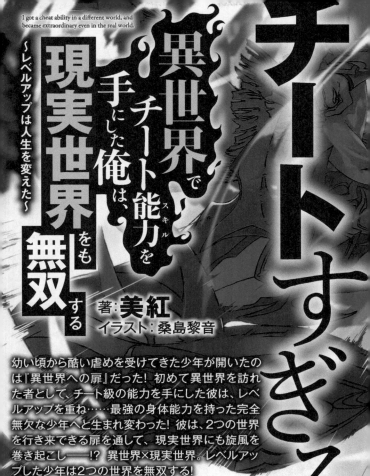

ティナ
四大公爵家のひとつ、ハワード家に生まれた公女殿下。なぜか誰でも扱える程度の魔法すら使うことができない。
変える
はじめましょう
アレン
公爵令嬢ティナの家庭教師を務めることになった青年。魔法の知識・制御にかけては他の追随を許さない圧倒的な実力の持ち主。
発売中!

無自覚最強ハーレム！
シリーズ好評発売中！
妹が女騎士学園に入学したらなぜか救国の英雄になりました。
ぼくが。
After my sister enrolling in Girl Knights'School, I become a HERO.
author.
ラマンおいどん
ill. なたーしゃ
ファンタジア文庫

だって学園の誰より
兄さんのが
強いですから
STORY
妹を女騎士学園に送り出し、さて今日の晩ごはんはなににしよう、と考えていたら、なぜか公爵令嬢の生徒会長がやってきて、知らないうちに女王と出会い、男嫌いのはずのアマゾネスには崇められ……え？　なんでハーレム？

これは世界を救う
久遠崎彩禍。三〇〇時間に一度、滅亡の危機を迎える世界を救い続けてきた最強の魔女。そして——玖珂無色に身体と力を引き継ぎ、死んでしまった初恋の少女。
無色は彩禍として誰にもバレないよう学園に通うことになるのだが……油断すると男性に戻ってしまうため、女性からのキスが必要不可欠で!?
シン世代ボーイ・ミーツ・ガール!
1
王様のプロポーズ
King Propose
橘公司
Koushi Tachibana
[イラスト]——つなこ

最強の初恋
シリーズ
好評発売中!
F ファンタジア文庫

切り拓け！キミだけの王道
ファンタジア大賞
原稿募集中！
賞金
《大賞》300万円
《金賞》50万円
《銀賞》30万円
選考委員
細音啓「キミと僕の最後の戦場、あるいは世界が始まる聖戦」
橘公司「デート・ア・ライブ」
羊太郎「ロクでなし魔術講師と禁忌教典《アカシックレコード》」
ファンタジア文庫編集長
前期締切 8月末日
後期締切 2月末日
公式サイトはこちら！ https://www.fantasiataisho.com/